◇ 21 世纪高职高专规划教材·财经管理系列

会 计 实 训

徐学兰　主　编

邱明科　刘明欣　副主编

清华大学出版社
北京交通大学出版社
·北京·

内 容 简 介

本书是《会计理论与实务》的配套实训教材，以《会计理论与实务》为依据，根据会计学实践性较强的特点，贯彻理论联系实际的教学理念，紧密结合会计工作实务，按照会计核算工作程序而编写的一本实训教程。全书分为三个部分：第一部分是会计实务练习题；第二部分是专项模拟实训；第三部分是综合模拟实训。本书内容涉及凭证编制、账簿登记、报表填制、企业主要业务核算、常用票据填制等实训环节。通过实训，学生不出校门就能掌握会计书写规则、凭证的填制、审核、建账、登账、错账更正、凭证装订、科目汇总表、银行存款余额调节表、财务报表的编制等技能和方法，可以为后续课程的学习和毕业后上岗工作奠定良好的基础，具有很强的实践性。

本书可作为高职高专院校会计、经济管理及相关专业的通用教材，也可作为成人院校会计及相关专业的教材，还可作为广大读者自学会计实务的参考书。

图书在版编目（CIP）数据

会计实训 / 徐学兰主编. — 北京：清华大学出版社；北京交通大学出版社，2011.7
（21 世纪高职高专规划教材·财经管理系列）
ISBN 978 - 7 - 5121 - 0661 - 1

Ⅰ．① 会…　Ⅱ．① 徐…　Ⅲ．① 会计学　Ⅳ．① F230

中国版本图书馆 CIP 数据核字（2011）第 151975 号

责任编辑：杨正泽

出版发行：清 华 大 学 出 版 社　　邮编：100084　　电话：010 - 62776969
　　　　　北京交通大学出版社　　邮编：100044　　电话：010 - 51686414
印　刷　者：北京瑞达方舟印务有限公司
经　　　销：全国新华书店
开　　　本：185×230　　印张：11.5　　字数：270 千字
版　　　次：2011 年 9 月第 1 版　　2011 年 9 月第 1 次印刷
书　　　号：ISBN 978 - 7 - 5121 - 0661 - 1/F · 870
印　　　数：1～4 000 册　　定价：21.00 元

本书如有质量问题，请向北京交通大学出版社质监组反映。对您的意见和批评，我们表示欢迎和感谢。
投诉电话：010 - 51686043，51686008；传真：010 - 62225406；E-mail：press@bjtu.edu.cn。

出　版　说　明

高职高专教育是我国高等教育的重要组成部分，它的根本任务是培养生产、建设、管理和服务第一线需要的德、智、体、美全面发展的高等技术应用型专门人才，所培养的学生在掌握必要的基础理论和专业知识的基础上，应重点掌握从事本专业领域实际工作的基本知识和职业技能，因而与其对应的教材也必须有自己的体系和特色。

为了适应我国高职高专教育发展及其对教学改革和教材建设的需要，在教育部的指导下，我们在全国范围内组织并成立了"21世纪高职高专教育教材研究与编审委员会"（以下简称"教材研究与编审委员会"）。"教材研究与编审委员会"的成员单位皆为教学改革成效较大、办学特色鲜明、办学实力强的高等专科学校、高等职业学校、成人高等学校及高等院校主办的二级职业技术学院，其中一些学校是国家重点建设的示范性职业技术学院。

为了保证规划教材的出版质量，"教材研究与编审委员会"在全国范围内选聘"21世纪高职高专规划教材编审委员会"（以下简称"教材编审委员会"）成员和征集教材，并要求"教材编审委员会"成员和规划教材的编著者必须是从事高职高专教学第一线的优秀教师或生产第一线的专家。"教材编审委员会"组织各专业的专家、教授对所征集的教材进行评选，对所列选教材进行审定。

目前，"教材研究与编审委员会"计划用2~3年的时间出版各类高职高专教材200种，范围覆盖计算机应用、电子电气、财会与管理、商务英语等专业的主要课程。此次规划教材全部按教育部制定的"高职高专教育基础课程教学基本要求"编写，其中部分教材是教育部《新世纪高职高专教育人才培养模式和教学内容体系改革与建设项目计划》的研究成果。此次规划教材按照突出应用性、实践性和针对性的原则编写并重组系列课程教材结构，力求反映高职高专课程和教学内容体系改革方向；反映当前教学的新内容，突出基础理论知识的应用和实践技能的培养；适应"实践的要求和岗位的需要"，不依照"学科"体系，即贴近岗位、淡化学科；在兼顾理论和实践内容的同时，避免"全"而"深"的面面俱到，基础理论以应用为目的，以必要、够用为度；尽量体现新知识、新技术、新工艺、新方法，以利于学生综合素质的形成和科学思维方式与创新能力的培养。

此外，为了使规划教材更具广泛性、科学性、先进性和代表性，我们希望全国从事高职高专教育的院校能够积极加入到"教材研究与编审委员会"中来，推荐"教材编审委员会"成员和有特色的、有创新的教材。同时，希望将教学实践中的意见与建议，及时反馈给我们，以便对已出版的教材不断修订、完善，不断提高教材质量，完善教材体系，为社会奉献更多更新的与高职高专教育配套的高质量教材。

此次所有规划教材由全国重点大学出版社——清华大学出版社与北京交通大学出版社联合出版，适合于各类高等专科学校、高等职业学校、成人高等学校及高等院校主办的二级职业技术学院使用。

21世纪高职高专教育教材研究与编审委员会

2011年9月

前　言

本书是《会计理论与实务》的配套教材，与《会计理论与实务》的关系是理论与实训的关系。编写本书的目的在于，在讲授会计学基础理论和基本方法的同时，组织学生同步做会计习题和会计实训，通过学生动手操作，使学生加深对会计基础理论的理解，掌握会计核算方法的实际运用，增强会计核算的基本技能，培养学生的动手操作能力。

本书以《会计理论与实务》为依据，系统设计了会计实训的内容。全书共分三个部分。

第一部分是会计实务练习题。该部分内容是根据教材各章节的会计理论内容及企业会计实际业务编写的会计实务练习题。通过会计实务练习，使学生加深对会计基础理论的理解，熟悉会计的基本准则，掌握会计的核算原理。

第二部分是专项模拟实训。该部分内容是根据会计核算方法体系中的各个专门方法分别设计的专项应用题。通过设置账户、填制会计凭证、登记账簿、编制会计报表等各个单项模拟实训，使学生熟悉和掌握会计核算各个专门方法的具体应用。

第三部分是综合模拟实训。该部分内容是以某企业某一会计期间发生的经济业务为会计核算对象，采用一定的会计核算程序，综合运用会计核算方法体系，对该企业经济活动情况进行全面、连续、系统的记录、计算、报告。通过综合模拟实训，使学生完成从填制和审核原始凭证、编制记账凭证、登记账簿、成本计算到编制会计报表的全部会计核算方法的连续操作，从而对会计核算的全过程有一个比较系统和完整的认识，全面了解企业会计核算的基本内容，熟悉会计核算的基本程序及会计核算方法之间的相互关系，熟练掌握会计核算方法体系的综合运用。

本书具有如下特点。

1. 实训内容与《会计理论与实务》教材内容同步

会计实训内容是依据《会计理论与实务》教材中会计理论和会计方法内容设计并按其章节顺序编写的，提供每章各种类型的练习题和模拟实训，并且在操作顺序上与教学进度同步进行，这既有利于教师在教学中运用实训教程中的实例进行理论联系实际教学，也便于学生在练习和操作中加深对会计理论和会计核算方法的理解和掌握，具有较强的实用性和可操作性。

2. 实训资料仿真制作

模拟实训所用的各种原始凭证、记账凭证、账簿格式及会计报表等，完全是按照现实会计核算中使用的真凭实据及账表账册仿真制作的，真实感强，使学生在使用中具有实战的感觉，从而能增强实训效果。需要说明的是，模拟实训中的企业名称、法人代表、注册资金、企业地址、开户银行、税务登记号等均为虚构。

3. 实训内容及实训方法完整、规范、全面

本实训教程的实训内容涵盖了《会计理论与实务》一书实务的全部内容，经济业务的设计选择了现行企业会计准则规定的比较典型的会计业务类型，对各种原始凭证配有使用说明，每项实训包括实训目的、实训资料、实训要求等，实训内容结构完整、设计规范；实训方法贯穿会计核算的全过程，既有各种专门方法的专项模拟实训，又有各种方法相互联系使用的综合模拟实训，学生通过实训，能够进一步加深对会计理论的理解，全面、系统地掌握会计核算方法的应用。

本书由编委会集体编写，徐学兰任主编；邱明科、刘明欣任副主编；努尔加马力、比力克孜、阿依先木、熊憬参与了教材编写工作。在编写过程中，借鉴参考了一些专家、学者的有关论著，同时还得到了北京交通大学出版社的大力支持，在此一并表示衷心感谢！

尽管我们主观想将事情做得更好点，但限于水平，教材可能还存在不足甚至错误，诚请读者批评指正。

相关教学课件可以从出版社网站（http://press. bjtu. edu. cn）下载，也可以发邮件至cbsyzz@jg. bjtu. edu. cn 索取。

编　者

2011 年 9 月

目　录

第1章　会计概述···1

1.1　填空题 ··1

1.1.1　要求 ··1

1.1.2　题目 ··1

1.2　单项选择题 ···2

1.2.1　要求 ··2

1.2.2　题目 ··3

1.3　多项选择题 ···3

1.3.1　要求 ··3

1.3.2　题目 ··4

1.4　判断题 ··5

1.4.1　要求 ··5

1.4.2　题目 ··5

1.5　简答题 ··6

第2章　会计要素···7

2.1　填空题 ··7

2.1.1　要求 ··7

2.1.2　题目 ··7

2.2　单项选择题 ···9

2.2.1　要求 ··9

2.2.2　题目 ··9

2.3　多项选择题 ··11

2.3.1　要求 ···11

2.3.2　题目 ···11

2.4　判断题 ···14

2.4.1　要求 ···14

2.4.2　题目 ···14

2.5 专项实训 会计要素的分类 …………………………………………………… 15

2.5.1 目的 ……………………………………………………………………… 15

2.5.2 资料 ……………………………………………………………………… 15

2.5.3 要求 ……………………………………………………………………… 15

2.6 分析计算题：权责发生制和收付实现制下收入和费用的计算 ……………… 16

2.6.1 资料 ……………………………………………………………………… 16

2.6.2 要求 ……………………………………………………………………… 17

2.7 综合实训一 会计要素平衡关系 ……………………………………………… 17

2.7.1 目的 ……………………………………………………………………… 17

2.7.2 资料 ……………………………………………………………………… 17

2.7.3 要求 ……………………………………………………………………… 18

2.8 综合实训二 会计恒等式 ……………………………………………………… 19

2.8.1 目的 ……………………………………………………………………… 19

2.8.2 资料 ……………………………………………………………………… 19

2.8.3 要求 ……………………………………………………………………… 19

2.9 综合实训三 要素分类与会计科目 …………………………………………… 21

2.9.1 目的 ……………………………………………………………………… 21

2.9.2 资料 ……………………………………………………………………… 21

2.9.3 要求 ……………………………………………………………………… 21

第3章 账户与借贷记账法 ……………………………………………………………… 23

3.1 填空题 …………………………………………………………………………… 23

3.1.1 要求 ……………………………………………………………………… 23

3.1.2 题目 ……………………………………………………………………… 23

3.2 单项选择题 ……………………………………………………………………… 25

3.2.1 要求 ……………………………………………………………………… 25

3.2.2 题目 ……………………………………………………………………… 25

3.3 多项选择题 ……………………………………………………………………… 27

3.3.1 要求 ……………………………………………………………………… 27

3.3.2 题目 ……………………………………………………………………… 27

3.4 判断题 …………………………………………………………………………… 30

3.4.1 要求 ……………………………………………………………………… 30

3.4.2 题目 ……………………………………………………………………… 30

3.5 专项实训一 经济业务的发生对会计要素增减变化的影响 ………………… 31

3.5.1 目的 ……………………………………………………………………… 31

3.5.2 资料 ……………………………………………………………………… 31

    3.5.3　要求 ……………………………………………………………………… 32

  3.6　专项实训二　经济业务引起资产和权益项目增减变化平衡表 ……………… 33

    3.6.1　目的 ……………………………………………………………………… 33

    3.6.2　资料 ……………………………………………………………………… 33

    3.6.3　要求 ……………………………………………………………………… 34

  3.7　综合实训　运用借贷记账法编制会计分录 …………………………………… 35

    3.7.1　目的 ……………………………………………………………………… 35

    3.7.2　资料 ……………………………………………………………………… 35

    3.7.3　要求 ……………………………………………………………………… 35

第4章　原始凭证的填制和审核 ……………………………………………………… 36

  4.1　填空题 ………………………………………………………………………… 36

    4.1.1　要求 ……………………………………………………………………… 36

    4.1.2　题目 ……………………………………………………………………… 36

  4.2　单项选择题 …………………………………………………………………… 37

    4.2.1　要求 ……………………………………………………………………… 37

    4.2.2　题目 ……………………………………………………………………… 37

  4.3　多项选择题 …………………………………………………………………… 38

    4.3.1　要求 ……………………………………………………………………… 38

    4.3.2　题目 ……………………………………………………………………… 38

  4.4　判断题 ………………………………………………………………………… 38

    4.4.1　要求 ……………………………………………………………………… 38

    4.4.2　题目 ……………………………………………………………………… 39

  4.5　专项实训　填制和审核原始凭证 ……………………………………………… 39

    4.5.1　目的 ……………………………………………………………………… 39

    4.5.2　资料 ……………………………………………………………………… 39

    4.5.3　要求 ……………………………………………………………………… 40

  4.6　综合实训 ……………………………………………………………………… 42

    4.6.1　目的 ……………………………………………………………………… 42

    4.6.2　资料 ……………………………………………………………………… 42

    4.6.3　要求 ……………………………………………………………………… 47

第5章　记账凭证的填制和审核 ……………………………………………………… 48

  5.1　填空题 ………………………………………………………………………… 48

    5.1.1　要求 ……………………………………………………………………… 48

    5.1.2　题目 ……………………………………………………………………… 48

  5.2　单项选择题 …………………………………………………………………… 49

    5.2.1　要求 ……………………………………………………………………………… 49

    5.2.2　题目 ……………………………………………………………………………… 49

  5.3　多项选择题 ………………………………………………………………………… 50

    5.3.1　要求 ……………………………………………………………………………… 50

    5.3.2　题目 ……………………………………………………………………………… 50

  5.4　判断题 ……………………………………………………………………………… 52

    5.4.1　要求 ……………………………………………………………………………… 52

    5.4.2　题目 ……………………………………………………………………………… 52

  5.5　专项实训　填制和审核记账凭证 ………………………………………………… 52

    5.5.1　目的 ……………………………………………………………………………… 52

    5.5.2　资料 ……………………………………………………………………………… 52

    5.5.3　要求及注意事项 ………………………………………………………………… 56

    5.5.4　练习用空白记账凭证及记账凭证表 …………………………………………… 56

  5.6　综合实训　记账凭证填制 ………………………………………………………… 60

    5.6.1　资料 ……………………………………………………………………………… 60

    5.6.2　要求 ……………………………………………………………………………… 60

第6章　会计账簿 …………………………………………………………………………… 86

  6.1　填空题 ……………………………………………………………………………… 86

    6.1.1　要求 ……………………………………………………………………………… 86

    6.1.2　题目 ……………………………………………………………………………… 86

  6.2　单项选择题 ………………………………………………………………………… 88

    6.2.1　要求 ……………………………………………………………………………… 88

    6.2.2　题目 ……………………………………………………………………………… 89

  6.3　多项选择题 ………………………………………………………………………… 91

    6.3.1　要求 ……………………………………………………………………………… 91

    6.3.2　题目 ……………………………………………………………………………… 91

  6.4　判断题 ……………………………………………………………………………… 94

    6.4.1　要求 ……………………………………………………………………………… 94

    6.4.2　题目 ……………………………………………………………………………… 94

  6.5　专项实训一　出纳登账业务 ……………………………………………………… 95

    6.5.1　资料 ……………………………………………………………………………… 95

    6.5.2　要求 ……………………………………………………………………………… 95

  6.6　专项实训二　总账登记 …………………………………………………………… 98

    6.6.1　资料 ……………………………………………………………………………… 98

    6.6.2　要求 ……………………………………………………………………………… 98

6.7 专项实训三 登记材料明细账 …………………………………………………… 98
　6.7.1 资料 …………………………………………………………………… 98
　6.7.2 要求 …………………………………………………………………… 98
6.8 专项实训四 登记费用类明细账 ……………………………………………… 98
　6.8.1 资料 …………………………………………………………………… 98
　6.8.2 要求 …………………………………………………………………… 107
6.9 综合实训一 账簿登记 ………………………………………………………… 107
　6.9.1 资料 …………………………………………………………………… 107
　6.9.2 要求 …………………………………………………………………… 107
6.10 综合实训二 错账的查找与更正 …………………………………………… 107
　6.10.1 资料 ………………………………………………………………… 107
　6.10.2 要求 ………………………………………………………………… 119

第7章 成本归集及利润的形成 ……………………………………………………… 120
7.1 填空题 …………………………………………………………………………… 120
　7.1.1 要求 …………………………………………………………………… 120
　7.1.2 题目 …………………………………………………………………… 120
7.2 单项选择题 ……………………………………………………………………… 121
　7.2.1 要求 …………………………………………………………………… 121
　7.2.2 题目 …………………………………………………………………… 121
7.3 多项选择题 ……………………………………………………………………… 123
　7.3.1 要求 …………………………………………………………………… 123
　7.3.2 题目 …………………………………………………………………… 123
7.4 判断题 …………………………………………………………………………… 125
　7.4.1 要求 …………………………………………………………………… 125
　7.4.2 题目 …………………………………………………………………… 125
7.5 专项实训一 材料采购业务的核算及采购成本计算 ……………………… 126
　7.5.1 目的 …………………………………………………………………… 126
　7.5.2 资料 …………………………………………………………………… 126
　7.5.3 要求 …………………………………………………………………… 126
7.6 专项实训二 生产过程的核算及成本计算 ………………………………… 127
　7.6.1 目的 …………………………………………………………………… 127
　7.6.2 资料 …………………………………………………………………… 128
　7.6.3 要求 …………………………………………………………………… 129
7.7 专项实训三 销售业务的核算及财务成果的计算与分配 ………………… 130
　7.7.1 资料 …………………………………………………………………… 130

　　　7.7.2　要求 ··· 130

7.8　专项实训四　其他经济业务的核算及其账项调整 ·· 131

　　　7.8.1　资料 ··· 131

　　　7.8.2　要求 ··· 132

第8章　报表编制前的准备工作 ··· 134

8.1　填空题 ··· 134

　　　8.1.1　要求 ··· 134

　　　8.1.2　题目 ··· 134

8.2　单项选择题 ·· 135

　　　8.2.1　要求 ··· 135

　　　8.2.2　题目 ··· 135

8.3　多项选择题 ·· 136

　　　8.3.1　要求 ··· 136

　　　8.3.2　题目 ··· 136

8.4　判断题 ··· 137

　　　8.4.1　要求 ··· 137

　　　8.4.2　题目 ··· 137

8.5　专项实训一　银行存款余额调节表的编制方法 ·· 138

　　　8.5.1　资料 ··· 138

　　　8.5.2　要求 ··· 138

8.6　专项实训二　未达账项的确定与银行存款余额调节表的编制 ······························· 139

　　　8.6.1　资料 ··· 139

　　　8.6.2　要求 ··· 139

8.7　综合实训　财产清查的账务处理 ··· 140

　　　8.7.1　资料 ··· 140

　　　8.7.2　要求 ··· 140

第9章　基本会计报表 ··· 141

9.1　填空题 ··· 141

　　　9.1.1　要求 ··· 141

　　　9.1.2　题目 ··· 141

9.2　单项选择题 ·· 142

　　　9.2.1　要求 ··· 142

　　　9.2.2　题目 ··· 142

9.3　多项选择题 ·· 143

　　　9.3.1　要求 ··· 143

9.3.2　题目 ··· 144

9.4　判断题 ··· 145

　9.4.1　要求 ··· 145

　9.4.2　题目 ··· 145

9.5　专项实训一　资产负债表和利润表的编制 ····························· 145

　9.5.1　目的 ··· 145

　9.5.2　资料 ··· 146

　9.5.3　要求 ··· 147

9.6　专项实训二　报表项目填列 ··· 148

　9.6.1　资料 ··· 148

　9.6.2　要求 ··· 149

9.7　专项实训三　库存材料计价方法 ··· 150

　9.7.1　资料 ··· 150

　9.7.2　要求 ··· 150

9.8　专项实训四　收入和费用的确认 ··· 150

　9.8.1　资料 ··· 150

　9.8.2　要求 ··· 151

9.9　综合实训一 ··· 151

　9.9.1　目的 ··· 151

　9.9.2　资料 ··· 151

　9.9.3　要求 ··· 152

9.10　综合实训二 ··· 153

　9.10.1　目的 ··· 153

　9.10.2　资料 ··· 154

　9.10.3　要求 ··· 154

第 10 章　账务核算程序 ··· 155

10.1　填空题 ··· 155

　10.1.1　要求 ··· 155

　10.1.2　题目 ··· 155

10.2　单项选择题 ··· 156

　10.2.1　要求 ··· 156

　10.2.2　题目 ··· 156

10.3　多项选择题 ··· 157

　10.3.1　要求 ··· 157

　10.3.2　题目 ··· 158

10.4　判断题 ··· 159

　　10.4.1　要求 ··· 159

　　10.4.2　题目 ··· 159

10.5　专项实训一　账项调整和结转 ··· 159

　　10.5.1　目的 ··· 159

　　10.5.2　资料 ··· 160

　　10.5.3　要求 ··· 160

10.6　专项实训二　科目汇总表的编制 ··· 161

　　10.6.1　目的 ··· 161

　　10.6.2　资料 ··· 161

　　10.6.3　要求 ··· 161

10.7　专项实训三　编制汇总记账凭证 ··· 162

　　10.7.1　目的 ··· 162

　　10.7.2　资料 ··· 162

　　10.7.3　要求 ··· 162

　　10.7.4　练习用空白汇总记账凭证 ··· 163

参考文献 ··· 168

第1章

会 计 概 述

1.1 填 空 题

1.1.1 要求

将正确的答案填在下列各题目的空格中。

1.1.2 题目

1. 事实上，会计又被称为_____。对这门语言理解得越好，对今后的人生越有帮助。

2. 会计是由于人类社会_____和_____的客观需要而产生和发展的。

3. 从单式记账法过渡到_____，是近代会计的形成标志，即15世纪末期，意大利数学家卢卡·巴其阿勒有关_____的论著问世，标志着_____的开始。

4. 马克思关于簿记是对生产"过程的控制和观念总结"，相当于现代会计学中的_____和_____两项基本职能。

5. 没有_____，会计反映就失去存在的意义，没有会计反映，_____就失去存在的基础。

6. _____的产生和_____处理系统会计的出现，是现代会计的两个重要标志。

7. 会计的监督职能是指会计具有按照一定的_____，利用会计反映所提供的_____，对企业单位的经济活动进行的查看和督促，使之达到预期目标的功能。

8. 会计对象是指会计所要_____的内容，可以概括为社会再生产过程中的_____。

9. 会计是以货币作为主要计量单位，利用专门的方法和程序，对社会再生产过程中能够用_____的经济活动，进行_____的反映和监督，旨在提供_____和实现最优经济效益的一种_____。

10. 会计任务指对_____进行反映和监督时所要达到的_____。它取决于

_____ 和 _____，并受 _____ 的特点所制约。

11. 会计方法是用来反映和监督 _____，完成 _____ 的手段。

12. 会计核算方法包括 _____、_____、_____、_____、_____ 和 _____。

13. 会计核算方法是对 _____ 的交易、事项，按照会计确认 _____、_____ 和报告的标准，进行组织加工并表达 _____ 的一系列手段。

14. 在会计核算过程中，_____ 是开始环节，_____ 是中间环节，_____ 是终结环节。

15. 一般称谓的会计循环，就是将企业的经济业务从 _____ 开始，经过 _____，直至编制出 _____ 周而复始的变化过程。

16. 资金的运用和耗费阶段与企业的生产经营过程相适应，可进一步分为 _____、_____ 和 _____ 三个过程。

17. 通过企业的生产准备阶段的供应过程，资金由 _____ 形态转化为 _____ 形态。

18. 在产品的生产过程中，企业的资金由 _____ 转化 _____，随着产成品的完工验收入库 _____ 又转化为 _____。

19. 通过产品销售过程，企业的资金又从 _____ 转化为 _____ 资金。

20. 会计机构是各单位办理 _____ 的职能部门。凡实行独立核算的单位，都应该设置独立的会计机构，并配备 _____ 的会计人员。

21. 企业会计工作的组织形式一般分 _____ 和 _____ 两种。

22. 企业建立会计人员岗位责任制，应从本单位的实际情况出发，考虑 _____ 和 _____，依照 _____ 相结合的原则划分工作岗位。

23. 我国现行会计法规体系由 _____、_____ 和 _____ 三个层次组成。

24. 企业会计准则由国务院暨财政部制定，是国家规范 _____、_____、_____ 的会计标准，它包括基本会计准则和具体准则两部分。

25. 会计核算的一般原则包括 _____、_____、_____、_____、_____、_____ 和 _____。

1.2　单项选择题

1.2.1　要求

下列各题目的 4 个备选答案中只有 1 个是正确的，请将正确答案的"字母"序号填入每个题目中的括号内。

1.2.2　题目

1. 会计是在（　　）产生的
   A. 人类社会产生的同时　　　　　　　B. 社会发展到一定阶段
   C. 奴隶社会　　　　　　　　　　　　D. 封建社会

2. 会计对经济活动的反映主要是从（　　）进行的
   A. 实物方面　　　　B. 价值方面　　　C. 数量方面　　　D. 劳动方面

3. 会计的一般对象可概括为（　　）
   A. 生产领域的资金运动　　　　　　　B. 预算资金的收支过程
   C. 商品流通领域的资金运动　　　　　D. 再生产过程中的资金运动

4. 《会计法》规定对本单位的会计资料的真实性和完整性负责的是（　　）
   A. 会计人员　　　B. 总会计师　　　C. 单位负责人　　　D. 会计主管人员

5. 会计分期是指（　　）持续正常地经营下去，不会面临破产清算。
   A. 有限期　　　B. 无限期　　　C. 不定期　　　D. 在一定时期内

6. 会计从生产职能中分离出来，成为独立的职能，主要是在（　　）
   A. 出现商品经济之后　　　　　　　　B. 出现阶级之后
   C. 出现社会大分工后　　　　　　　　D. 出现剩余产品和物物交换之后

7. 企业会计准则规定了（　　）
   A. 企业会计工作管理体制　　　　　　B. 企业会计人员的基本职责
   C. 企业会计核算的基本前提　　　　　D. 企业会计凭证的种类及账簿组织

8. 企业内部监督的主体是（　　）
   A. 会计机构和会计人员　　　　　　　B. 经济活动
   C. 会计机构和业务人员　　　　　　　D. 会计机构

9. 会计核算方法体系的核心方法是（　　）
   A. 设置账户　　　B. 复式记账　　　C. 登记账簿　　　D. 编制会计报表

10. 在大中型企业中，领导和组织企业会计工作和经济核算工作的是（　　）
    A. 分管财务的副厂长　　　　　　　　B. 总经济师
    C. 总会计师　　　　　　　　　　　　D. 高级会计师

1.3　多项选择题

1.3.1　要求

下列各题目的 5 个备选答案中有两个以上是正确的，请将正确答案的"字母"序号填入每个题目中的括号内。

1.3.2　题目

1. 会计的职能包括（　　）
   A. 会计确认　　　　　　　B. 会计计量　　　　　　　C. 会计核算
   D. 会计报告　　　　　　　E. 会计记录
2. 会计方法包括（　　）
   A. 会计核算　　　　　　　B. 会计分析　　　　　　　C. 会计检查
   D. 会计预测　　　　　　　E. 会计比较
3. 会计的计量尺度有（　　）
   A. 货币量度　　　　　　　B. 劳动强度　　　　　　　C. 实物量度
   D. 时间量度　　　　　　　E. 劳动量度
4. 会计的基本职能有（　　）
   A. 反映职能　　　　　　　B. 分析职能　　　　　　　C. 监督职能
   D. 决策职能　　　　　　　E. 预测职能
5. 下列属于会计核算的方法有（　　）
   A. 登记账簿　　　　　　　B. 成本计算　　　　　　　C. 复式记账
   D. 监督检查　　　　　　　E. 财产清查
6. 会计的产生和发展是适应（　　）
   A. 生产发展的要求　　　　B. 加强经济管理的要求　　C. 提高经济效益的要求
   D. 生产关系变革的要求　　E. 记录经济业务的要求
7. 会计核算与业务核算、统计核算相比较，其特点是（　　）
   A. 连续性　　　　　　　　B. 完整性　　　　　　　　C. 系统性
   D. 以货币为主要计量单位　E. 以凭证为主要依据
8. 会计的一般对象是（　　）
   A. 资金的循环与周转　　　B. 资金的筹集与退出
   C. 再生产过程中的资金运动D. 资金的平衡关系
   E. 再生产过程中能用货币表现的经济活动
9. 下列属于产品生产过程的资金循环和周转是（　　）
   A. 货币资金转化为生产资金　B. 固定资金转化为生产资金
   C. 储备资金转化为生产资金　D. 生产资金转化为成品资金
   E. 成品资金转化为货币资金
10. 在会计核算方法体系中处于会计日常核算主要地位的方法有（　　）
   A. 设置账户　　　　　　　B. 复式记账　　　　　　　C. 登记账簿
   D. 编制会计报表　　　　　E. 成本计算

11. 我国的会计监督体系包括 （　　　　）
　　A. 内部监督　　　　　　B. 社会监督　　　　　C. 国家监督
　　D. 互相监督　　　　　　E. 财政监督
12. 会计法规体系由会计法和（　　　）组成
　　A. 会计准则　　　　　　B. 会计基础工作规范　　C. 经济法
　　D. 会计法规　　　　　　E. 会计凭证

1.4　判　断　题

1.4.1　要求

判断下列命题是否正确，在每一个命题后面的括号内作出选择，你认为是正确的画
"√"；你认为是错误的画"×"。

1.4.2　题目

1. 会计主体就是法人主体。　　　　　　　　　　　　　　　　　　　　　　　　（　　　）
2. 会计的内涵在其漫长的发展过程中，随着社会经济的发展而不断地丰富和深化。
　　　　　　　　　　　　　　　　　　　　　　　　　　　　　　　　　　　　（　　　）
3. 会计人员的职责包括进行会计核算、实行会计监督和拟定本单位办理会计事项的具
体办法和制度三项。　　　　　　　　　　　　　　　　　　　　　　　　　　　（　　　）
4. 会计核算和会计监督是会计的两大基本职能，参与经济预测职能是在两大职能的基
础上发展而来的。　　　　　　　　　　　　　　　　　　　　　　　　　　　　（　　　）
5. 会计监督有监督经济活动的合法性和合理性两个方面，它是进行会计核算的基础。
　　　　　　　　　　　　　　　　　　　　　　　　　　　　　　　　　　　　（　　　）
6. 会计的对象是指企业在社会再生产过程中的资金及其运动。　　　　　　　　（　　　）
7. 会计方法有设置账户、复式记账、填制和审核会计凭证、登记账簿、成本计算、财
产清查和编制财务会计报告等。　　　　　　　　　　　　　　　　　　　　　　（　　　）
8. 制造企业的资金运动，从货币资金起，依次转换为储备资金、生产资金和成品资金，
然后又转换为货币资金，从而形成了资金的周转。　　　　　　　　　　　　　（　　　）
9. 会计核算的各种专门方法在会计核算过程中应单独运用，互不相干。　　　　（　　　）
10. 会计计量是指在对会计要素进行确认时，计量尺度的选择和计量属性的选择。
　　　　　　　　　　　　　　　　　　　　　　　　　　　　　　　　　　　　（　　　）
11. 会计的职能就是记账算账。　　　　　　　　　　　　　　　　　　　　　　（　　　）
12. 会计准则是根据会计法和会计制度制定的。　　　　　　　　　　　　　　　（　　　）

1.5 简 答 题

1. 什么是会计？会计的发展经历了哪几个阶段？具有哪些特点？

2. 会计的核算对象是什么？为什么说会计是一种特殊的"商业语言"？你是如何理解的？

3. 简述会计法、会计准则、会计基础工作规范的关系。

第2章
会 计 要 素

2.1 填 空 题

2.1.1 要求

将正确的答案填在下列各题目的空格中。

2.1.2 题目

1. 会计主体，明确了会计工作的 _____ 范围，持续经营明确了会计工作的 _____ 范围。

2. 一贯性原则是要求会计核算应当 _____ 地采用相同的会计处理方法，一般情况下不能随意变更。如果确需变更，应将变更的情况 _____ 及对企业 _____ 和 _____ 的影响，在 _____ 中加以说明。

3. 会计核算的 8 条一般原则大体可分为与 _____ 、_____ 和 _____ 相关的三类原则。

4. 可比性原则要求不同企业尽可能采取 _____ 的会计处理方法，主要强调各企业之间的 _____ 比较；一贯性原则要求同一企业在不同时期尽可能采用相同的会计处理方法；主要强调同一企业不同时期之间的 _____ 比较。

5. 清晰性原则是指 _____ 和 _____ 应当清晰明了，便于信息使用者理解和利用。

6. 对企业的经济业务以货币计量单位进行计量，可以克服实物计量单位的差异性和劳动时间计量单位的 _____ ，使其所提供的会计指标更具有 _____ 性和 _____ 性。

7. 资产是指 _____ 交易事项形成并由企业 _____ 的，并预期会给企业带来 _____ 的经济资源。

8. 资产按其流动性可分为 _____ 和 _____ 两大类，或者分为

_____、_____、_____和_____五小类。

9. 资金运动的_____和动态平衡所表现的会计恒等式_____，揭示了各_____之间的关系，是_____、_____和_____等会计核算方法建立的理论依据。

10. 负债是指企业_____或事项形成的，预期需以_____偿付的现时义务，即履行该义务会导致企业_____的流出。

11. 负债按其流动性或偿还期限的长短，分为_____和_____两大类。

12. 所有者权益按其形成的方式不同可分为_____、_____、_____和_____四部分。

13. 经济业务引起的资金运动总体上最终表现为"资产＝负债＋所有者权益"，但具体到资金运动的某一个环节，则表现为_____。

14. 支出在会计核算中应当划分为_____和_____。凡支出的收益仅及于当期的应作为企业的_____，从当期实现的_____中扣除或补偿，凡支出的收益及于几个会计期间的，应作为_____，形成企业的_____。

15. 在持续经营的条件下，才使正确区分_____成为必要，企业的资产和负债才区分为_____的，企业的资产才以_____计价，才有必要进行_____，并为会计核算采用_____制奠定了基础。

16. 会计期间的划分对跨越两个或两个以上会计期间的经济业务，要采用恰当的摊配方法进行摊配，从而产生了_____和_____两种记账基础。

17. 分期计提固定资产折旧费用，是以_____为前提的；将各项营业收入与其相关的成本、费用在同一会计期间内入账，是_____原则的要求。

18. 会计要素就是对经济业务按其_____所做的分类，具体划分为_____、_____、_____、_____、_____和_____六大类。

19. 收入一般会导致企业_____的增加或_____的减少，当然也会导致_____的增加。

20. 期间费用是指直接计入当期损益的费用，现行会计制度规定一般包括_____、_____和_____三项。

21. 费用按其是否构成产品成本可划分为产品_____或_____和_____两大类。

22. 收入是指企业在_____、_____及让渡_____等日常活动中形成的_____的总流入。

23. 由于费用是资产的耗费和为一定的目的而发生，一方面要导致_____项目的减少，另一方面也会导致_____项目之间的相互转换。

24. _____，又称实际成本原则或原始成本原则，是指企业各项财产物资应当按_____计价。

2.2 单项选择题

2.2.1 要求

下列各题目的 4 个备选答案中只有 1 个是正确的，请将正确答案的"字母"序号填入每个题目中的括号内。

2.2.2 题目

1. 会计核算的一般原则是建立在（ ）基础上
   A. 会计制度　　　　B. 会计要素　　　　C. 会计假设　　　　D. 会计准则

2. 体现企业财产物资、权益、债务的计价基础的会计原则是（ ）
   A. 权责发生制　　　B. 有用性　　　　　C. 收付实现制　　　D. 历史成本

3. 会计主体是指会计所服务的（ ）
   A. 企业法人主体　　B. 债权人和债务人　C. 投资者　　　　　D. 一个特定单位

4. 企业会计提供的会计信息应当符合国家经济管理的需要，满足投资者决策的需要，这种要求主要体现的会计原则是（ ）
   A. 一致性原则　　　B. 及时性原则　　　C. 可比性原则　　　D. 相关性原则

5. 按季度支付利息的企业，通常要按月预提利息支出，其体现的会计原则是（ ）
   A. 权责发生制原则　B. 相关性原则　　　C. 可比性原则　　　D. 一贯性原则

6. 下列会计假设属空间范围的假设是（ ）
   A. 持续经营假设　　B. 会计分期假设　　C. 会计主体假设　　D. 货币计量假设

7. 会计核算应当按规定的处理办法进行，会计指标应当口径一致，以便在不同企业之间进行横向比较，会计核算的这个原则是（ ）
   A. 一贯性原则　　　B. 可比性原则　　　C. 配比原则　　　　D. 客观性原则

8. 下列各项中引起资产和负债同时减少的经济业务是（ ）
   A. 购入材料，货款未付　　　　　　B. 以银行存款上交税金
   C. 上级拨入机器一台　　　　　　　D. 国家投资 1 000 万元

9. 下列各项中引起资产和权益同时增加经济业务是（ ）
   A. 购入材料，货款未付　　　　　　B. 以银行存款支付采购办公用品款
   C. 以银行存款偿还银行借款　　　　D. 接受投资者投入设备一台

10. 下列各项中引起负债及所有者权益方有增有减的经济业务是（ ）
    A. 售出机器一台，款项收存银行　　B. 向银行取得短期借款转存银行
    C. 以银行短期借款直接偿还应付账款　D. 以银行存款支付短期借款利息

11. 下列各项中引起资产方有增有减的经济业务是（   ）

  A. 收回欠款，存入银行   B. 出售机器设备一台

  C. 向银行取得短期借款转存银行 D. 销售商品款未收到

12. 企业按规定将资本公积金转增资本金，这笔经济业务反映的是（   ）

  A. 资产内部有关项目之间同时增加 B. 资产和权益有关项目之间同时增加

  C. 权益内部有关项目之间同时减少 D. 权益内部有关项目之间有增有减

13. 资产的最主要特点是（   ）

  A. 它是一项经济资源   B. 必须能以货币为计量

  C. 能否为企业提供未来经济利益 D. 被企业所拥有或控制

14. 每一项经济业务的发生，都会影响资产和权益发生的增减变化的项目有（   ）

  A. 一个   B. 两个   C. 两个或两个以上 D. 一个或一个以上

15. 流动资产是指其变现或耗用期在（   ）

  A. 一年以内   B. 一年内或超过一年的一个营业周期内

  C. 一个营业周期内   D. 超过一年的一个营业周期以上

16. 下列各项目中属于资产的是（   ）

  A. 短期借款 B. 应付账款 C. 实收资本 D. 存货

17. 下列各项中引起资产与负债及所有者权益同时减少的经济业务是（   ）

  A. 从银行提取现金   B. 用银行存款购买固定资产

  C. 购入材料，货款未付   D. 用银行存款归还应付账款

18. 下列等式中错误的等式是（   ）

  A. 资产＝负债＋所有者权益   B. 资产＋收入＝负债＋所有者权益＋费用

  C. 资产＝负债＋所有者权益＋利润 D. 资产＋费用＝负债＋所有者权益＋收入

19. 在会计核算上对应收账款计提坏账准备，其所具体运用的会计原则是（   ）

  A. 权责发生制原则   B. 谨慎性原则

  C. 配比原则   D. 清晰性原则

20. 在物价持续上涨的情况下，体现稳健性原则的存货计价方法是（   ）

  A. 先进先出法 B. 后进先出法 C. 加权平均法 D. 个别计价法

21. 下列各项属于资本性支出的是（   ）

  A. 营业费用支出 B. 管理费用支出 C. 财务费用支出 D. 购置固定资产支出

22. 在某一会计年度内企业把资本性支出按收益性支出处理，其结果是（   ）

  A. 本年度净收益降低和资产价值偏低 B. 本年度净收益和资产价值虚增

  C. 本年度净收益减少和负债减少 D. 本年度净收益增加和负债减少

23. 下列能够计入产品成本的费用（或不属于期间费用）是（   ）

  A. 营业费用 B. 管理费用 C. 制造费用 D. 预提费用

24. 能直接计入商品成本或劳务成本的费用的是（   ）

  A. 生产费用 B. 成本费用 C. 直接费用 D. 营业费用

2.3　多项选择题

2.3.1　要求

下列各题目的 5 个备选答案中有两个以上是正确的，请将正确答案的"字母"序号填入每个题目中的括号内。

2.3.2　题目

1. 反映资金运动相对静止状态的会计要素有（　　）
   A. 资产　　　　　　　B. 收入　　　　　　　　C. 所有者权益
   D. 费用　　　　　　　E. 利润

2. 下列属于会计核算一般原则的有（　　）
   A. 客观性原则　　　　B. 相关性原则　　　　　C. 完整性原则
   D. 可比性原则　　　　E. 重要性原则

3. 会计核算的一般原则中属于总体性要求方面的原则有（　　）
   A. 谨慎性原则　　　　B. 客观性原则　　　　　C. 权责发生制原则
   D. 重要性原则　　　　E. 实质重于形式原则

4. 会计核算的一般原则中属于信息质量要求方面的原则有（　　）
   A. 客观性原则　　　　B. 相关性原则　　　　　C. 可比性原则
   D. 及时性原则　　　　E. 重要性原则

5. 会计核算的一般原则中属于会计确认和计量要求方面的原则有（　　）
   A. 实际成本核算原则　B. 配比原则　　　　　　C. 权责发生制原则
   D. 划分收益支出与资本性支出原则　　　　　　E. 保密性原则

6. 下列支出属于收益性支出的有（　　）
   A. 预付全年财产保险费　B. 支出开办费　　　　C. 购买专利权支出
   D. 购机器设备支出　　E. 工资性支出

7. 会计主体的独立性表现在（　　）
   A. 独立于其他会计主体　　　　　　　B. 完全独立于上级主管部门
   C. 独立于所服务单位的职工个人　　　D. 完全独立于本单位的投资单位
   E. 独立于所服务单位的投资者

8. 以资产和权益之间的平衡关系作为理论依据的会计核算方法有（　　）
   A. 设置账户　　　　　B. 复式记账　　　　　　C. 登记账簿
   D. 编制会计报表　　　E. 填制会计凭证

9. 引起资产方一个项目增加，另一个项目减少的经济业务有（　　）

    A. 暂付差旅费　　　　　B. 预付财产保险费　　　　C. 预提短期借款利息

    D. 结转完工产品成本　　E. 结转已销产品成本

10. 资产和权益项目之间的变动，符合资金运动规律的有（　　）

    A. 资产某项目增加与权益某项目减少

    B. 资产某项目减少与权益某项目增加

    C. 资产某项目减少与另一项目增加

    D. 权益方某项目减少与另一项目增加

    E. 某资产项目与某权益项目等额同增或同减

11. 经济业务中，不会引起会计等式两边同时发生增减变动的有（　　）

    A. 收到销货款存入银行　　　　　　　　B. 购进材料未付款

    C. 从银行提取现金　　　　　　　　　　D. 从银行借款，存入银行

    E. 将资本公积金转增资本

12. 属于权益项目的是（　　）

    A. 资产　　　　　　　　B. 负债　　　　　　　　C. 所有者权益

    D. 收入　　　　　　　　E. 费用

13. 经济业务中不影响会计等式的总金额变化的有（　　）

    A. 以银行存款支付应交税金

    B. 向银行借款存入银行存款户

    C. 将资本公积转增资本金

    D. 收回某单位前欠的货款，存入银行

    E. 以现金购买包装物

14. 属于企业拥有或者控制的非流动资产有（　　）

    A. 存货　　　　　　　　B. 长期投资　　　　　　C. 其他资产

    D. 无形资产　　　　　　E. 运输设备

15. 属于权益项目的是（　　）

    A. 投入资本　　　　　　B. 负债　　　　　　　　C. 未分配利润

    D. 盈余公积金　　　　　E. 资本公积金

16. 属于所有者权益项目的是（　　）

    A. 投入资本　　　　　　B. 资本公积金　　　　　C. 盈余公积金

    D. 负债　　　　　　　　E. 未分配利润

17. 企业以银行存款偿还债务，会引起（　　）

    A. 资产总额减少　　　　B. 负债总额减少　　　　C. 负债总额增加

    D. 企业资本金减少　　　E. 所有者权益减少

18. 资产和权益项目之间的变动，不符合资金运动规律的有（　　）

A. 资产某项目增加与权益某项目减少

B. 资产某项目减少与权益某项目增加

C. 资产某项目减少与另一项目增加

D. 权益某项目减少与另一项目增加

E. 资产某项目与权益某项目等额同增或同减

19. 根据谨慎性原则的要求，要合理预计可能发生的损失和费用，通常做法有（　　）

A. 对应收账款计提坏账准备

B. 固定资产采用加速折旧法

C. 在物价持续下降的情况下对产品销售成本计算采用后进先出法

D. 在物价持续上涨的情况下对材料的计价采用后进先出法

E. 在物价持续上涨的情况下对存货的计价采用先进后出法

20. 损益表可以提供的信息有（　　）

A. 取得的全部收入　　　　　　　　　　B. 发生的全部费用和支出

C. 其他业务利润　　　　　　　　　　　D. 财务状况

E. 实现的利润或亏损总额

21. 取得收入可能会直接影响的会计要素增减变化的有（　　）

A. 资产　　　　　　B. 负债　　　　　　C. 费用

D. 利润　　　　　　E. 所有者权益

22. 属于企业会计要素的是（　　）

A. 资产　　　　　　B. 负债　　　　　　C. 所有者权益

D. 资金结存　　　　E. 利润

23. 企业在一定时期内发生的，不能计入产品生产成本的费用是指（　　）

A. 制造费用　　　　B. 管理费用　　　　C. 期间费用

D. 财务费用　　　　E. 营业费用

24. 期间费用是指企业在一定时期内发生的不能计入产品生产成本，而直接计入当期损益的各项费用，它包括（　　）

A. 营业外支出　　　B. 制造费用　　　　C. 营业费用

D. 管理费用　　　　E. 财务费用

25. 属于收益性支出的有（　　）

A. 主营业务税金及附加　　　　　　　　B. 购置固定资产支出

C. 产品的销售费用　　　　　　　　　　D. 产品销售的成本

E. 管理费用

26. 收入表现为一定期间的（　　）

A. 现金流入　　　　B. 资产的增加　　　C. 负债的减少

D. 所有者权益的增加　E. 收益的增加

2.4 判 断 题

2.4.1 要求

判断下列命题是否正确，在每一个命题后面的括号内作出选择，你认为是正确的画"√"；你认为是错误的画"×"。

2.4.2 题目

1. 收付实现制适用于所有的企业、事业单位会计核算。 （　　）
2. 权责发生制是指应收应付为计量标准，来确定本期的收入和费用的一种方法。 （　　）
3. 会计核算基本前提包括会计主体、货币计量、资料完整和经济效益。 （　　）
4. 会计处理的方法应始终保持前后期一致，不得变更，这是会计核算的一贯性原则。 （　　）
5. 会计主体应该是独立核算的经济实体，即法人主体。 （　　）
6. "资产＝负债＋所有者权益"这个平衡公式是企业资金运动的动态表现。 （　　）
7. 资产是指过去的交易、事项形成的并由企业拥有或者控制的资源。 （　　）
8. 因为应付账款和预付账款均与供应方发生结算关系，所以它们都是资产项目。 （　　）
9. 会计主体是指从事经济活动，并对其进行会计核算的特定企业。 （　　）
10. 负债是指过去的交易、事项形成的现时义务，履行该义务预期会导致经济利益流出企业。 （　　）
11. 资产反映了资金被运用分布的状态，权益反映了资金的来源，两者之间存在着相互依存、相互制约的关系。 （　　）
12. 任何一笔经济业务的发生，必然会引起资产方与负债及所有者权益方发生增减变动，但其结果均不会影响"资产＝负债＋所有者权益"这一会计等式的平衡关系。 （　　）
13. 所有者权益是指所有者在企业资产中享有的经济利益，其金额为资产减去负债后的余额。 （　　）
14. 会计要素可以划分为反映财务状况的会计要素和反映经营成果的会计要素两大类。 （　　）
15. 费用按与收入的密切程度不同可分为直接费用和间接费用。 （　　）
16. 利润的主要项目有营业利润和营业外收支净额。 （　　）
17. 利润是反映财务状况的会计要素。 （　　）

18. 经济业务是指在经济活动中使会计要素发生增减变动的经济事项。　　　　（　　　）

19. 会计基本等式所体现的平衡关系原理，是设置账户、进行复式记账和编制基本会计报表的理论依据。　　　　（　　　）

20. 会计科目和会计账户所反映的经济内容是相同的，因此，会计科目就是账户。

　　　　　　　　　　　　　　　　　　　　　　　　　　　　　　　　　　（　　　）

2.5　专项实训　会计要素的分类

2.5.1　目的

了解和熟悉工业企业资产、负债及所有者权益会计要素的分类。

2.5.2　资料

智达公司 2011 年 1 月 1 日资产、负债及所有者权益状况如表 2-1 所示。

2.5.3　要求

1. 根据所给资料如表 2-1 所示，区分资产、负债、所有者权益会计要素，并分别计算其合计数。

2. 分别写出上述各项内容合适的资金项目或会计要素项目。

表 2-1　智达公司资产负债及所有者权益状况表

2011 年 1 月 1 日

内　容	金额	会计要素名称	资金项目	金　额/元		
				资产	负债	所有者权益
1. 生产车间厂房	150 000	资产	固定资产	150 000		
2. 生产车床用的各种机床设备	300 000					
3. 运输卡车	80 000					
4. 正在装配中的车床	120 000					
5. 已完工入库的车床	50 000					
6. 制造车床用的库存钢材	100 000					
7. 向新沪厂购入钢材的未付款项	25 000					
8. 尚未缴纳的税金	10 000					
9. 出借包装物收取的押金	1 200					
10. 供应科采购员预借的差旅费	200					

内　容	金额	会计要素名称	资金项目	金　额/元		
				资产	负债	所有者权益
11. 国家投入的资本	600 000	所有者权益	实收资本			600 000
12. 本月实现的利润	70 000					
13. 生产计划科用的计算机	40 000					
14. 从银行借入的短期借款	50 000					
15. 库存生产用汽油和油漆	3 300					
16. 股东投入的资本	220 000					
17. 存在银行的款项	133 000					
18. 外商投入的资本	40 000					
19. 财会部门库存现金	500					
20. 库存生产用煤	1 000					
21. 仓库用房屋	30 000					
22. 应付电业局代扣职工电费	3 800					
23. 应收售给光明厂的车床货款	35 000					
24. 企业提存的应付福利费	20 000	负债	应付福利费		20 000	
25. 库存机器用润滑油	1 300					
26. 生产用锅炉	31 000					
27. 应付新星工厂的货款	107 300					
28. 国家投入机器设备	516 000					
29. 国家投入流动资产	212 000					
30. 厂部办公大楼	800 000					
合　　计					217 300	

2.6　分析计算题：权责发生制和收付实现制下收入和费用的计算

2.6.1　资料

H 公司 2011 年 7 月份发生下列经济业务：

1. 销售产品 40 000 元，货款存入银行；

2. 销售产品 100 000 元，货款尚未收到；

3. 收到 A 公司上月应收销货款 50 000 元；

4. 预付 7～12 月的房屋租金 24 000 元；

5. 预提本月份的银行短期借款利息 3 000 元；

6. 购进管理部门办公用品 2 000 元，用银行存款支付；

7. 收到 B 公司预付的货款 80 000 元；

8. 用银行存款支付上季度银行短期借款利息 9 000 元。

2.6.2　要求

按权责发生制和收付实现制计算本月的收入和费用并填入表 2-2 中。

表 2-2　收入费用确认表

业务号	权责发生制		收付实现制	
	收　入	费　用	收　入	费　用
1				
2				
3				
4				
5				
6				
7				
8				
合计				

2.7　综合实训一　会计要素平衡关系

2.7.1　目的

练习资产、负债及所有者权益的分类。

2.7.2　资料

星星工厂 2011 年 3 月 31 日的资产、负债及所有者权益情况如表 2-3 中项目栏所示。

2.7.3 要求

根据表 2-3 中的项目内容，区分资产、负债及所有者权益；将三者的金额分别填入表 2-3 中的各栏，加计合计数并测算是否平衡。

表 2-3 会计要素平衡确认

序号	项 目	资产	负债	所有者权益
1	生产车间使用的机器设备 200 000 元			
2	存在银行的款项 126 000 元			
3	应付光明工厂的款项 45 000 元			
4	国家投入的资本 520 000 元			
5	尚未缴纳的税金 7 000 元			
6	财会部门库存现金 500 元			
7	应收东风工厂货款 23 000 元			
8	库存生产 A 材料 147 500 元			
9	运输用的卡车 60 000 元			
10	管理部门使用的计算机 30 000 元			
11	出借包装物收取的押金 1 000 元			
12	其他单位投入的资本 304 500 元			
13	暂付采购员差旅费 300 元			
14	预收黄河工厂购货款 4 000 元			
15	向银行借入的短期借款 100 000 元			
16	正在装配中的产品 38 000 元			
17	生产车间用厂房 270 000 元			
18	企业提取的盈余公积 16 400 元			
19	库存机器用润滑油 1 900 元			
20	本月实现的利润 40 000 元			
21	完工入库的产成品 54 000 元			
22	购入星河公司三年期的债券 6 000 元			
23	应付给工会的经费 700 元			
24	尚待摊销的下半年财产保险费 2 400 元			
25	生产甲产品的专利权 25 000 元			
	合　计			

2.8　综合实训二　会计恒等式

2.8.1　目的

练习会计等式的平衡关系。

2.8.2　资料

1. 星星工厂 2011 年 6 月 1 日资产、负债及所有者权益情况如表 2-4 所示。

表 2-4　资产、负债及所有者权益情况

资　产	金　　额	负债及所有者权益	金　　额
库存现金	600	短期借款	30 000
银行存款	35 000	应付账款	15 000
应收账款	21 000	实收资本	180 000
原材料	43 400		
固定资产	125 000		
合　计	225 000	合　计	225 000

2. 该厂 6 月份发生以下经济业务。

(1) 2 日，以银行存款购入原材料，价款 1.2 万元。

(2) 3 日，国家投入货币资金 2 万元，直接偿还短期借款。

(3) 4 日，收到外单位投入设备一台，价值 4 万元。

(4) 5 日，以银行存款偿还应付账款 1 万元。

2.8.3　要求

根据上述资料，表 2-5～表 2-8 为星星工厂分别编制 6 月 2 日至 6 月 5 日资产负债表。

表 2-5　资产负债表

2011 年 6 月 2 日

资　产	金　　额	负债及所有者权益	金　　额
库存现金		短期借款	
银行存款		应付账款	
应收账款		实收资本	

续表

资　产	金　额	负债及所有者权益	金　额
原材料			
固定资产			
合　计		合　计	

表 2-6　资产负债表
2011 年 6 月 3 日

资　产	金　额	负债及所有者权益	金　额
库存现金		短期借款	
银行存款		应付账款	
应收账款		实收资本	
原材料			
固定资产			
合　计		合　计	

表 2-7　资产负债表
2011 年 6 月 4 日

资　产	金　额	负债及所有者权益	金　额
库存现金		短期借款	
银行存款		应付账款	
应收账款		实收资本	
原材料			
固定资产			
合　计		合　计	

表 2-8　资产负债表
2011 年 6 月 5 日

资　产	金　额	负债及所有者权益	金　额
库存现金		短期借款	
银行存款		应付账款	
应收账款		实收资本	
原材料			
固定资产			
合　计		合　计	

2.9　综合实训三　要素分类与会计科目

2.9.1　目的

进一步熟悉资产、负债及所有者权益的分类，同时熟悉会计科目。

2.9.2　资料

永泰工厂 2011 年 7 月 31 日资产、负债及所有者权益情况如表 2-9 所示。

2.9.3　要求

1. 根据表 2-9 资料内容，区分资产、负债及所有者权益，用"√"号填入表 2-9 的相应空格内。

2. 根据表 2-9 资料内容，确定会计科目并填入表 2-9 的相应空格内。

3. 将表 2-9 中同一会计科目的金额相加，填入表 2-10 的账户余额表内。

表 2-9　资产、负债及所有者权益情况

序号	项　目	金额	资产	负债	所有者权益	会计科目
1	存在银行的存款	478 200				
2	国家用机器设备向企业投资	4 000 000				
3	向银行借入半年期的借款	300 000				
4	1～5 月份实现的利润	350 000				
5	1～5 月份已分配的利润	115 500				
6	库存的原材料	120 000				
7	厂房、仓库、办公楼	1 440 000				
8	应付给供应单位的购货款	90 000				
9	财务部门库存现金	1 100				
10	向购货单位收取的销货款	400 000				
11	生产产品用的钢材等原材料	623 000				
12	联营单位向企业投资	1 500 000				
13	生产用的机器设备	2 650 000				
14	企业从利润中提取的公积金	70 000				
15	采购员预借的差旅费	800				
16	库存已完工的产品	476 900				

序号	项　目	金额	资产	负债	所有者权益	会计科目
17	购入的产品专利权	100 000				
18	签发给供应单位的商业承兑汇票	155 500				
19	收到购货单位的商业汇票	150 000				

表 2 - 10　账户余额表

资　产		负债及所有者权益	
账户名称	金　额	账户名称	金　额
合　计		合　计	

第3章

账户与借贷记账法

3.1 填 空 题

3.1.1 要求

将正确的答案填在下列各题目的空格中。

3.1.2 题目

1. 会计科目是对_____的具体内容进行分类的项目或标志，按其经济内容可分为_____类科目、_____类科目、_____类科目、_____类科目和_____类科目。

2. 一级会计科目（又称_____科目）与其所属的二级会计科目（又称_____科目）之间，从性质上讲是_____关系，从反映资金变化的数量上讲是_____关系。

3. 账户具备的四个金额要素是_____、_____、_____和_____。

4. 账户的基本结构一般分为_____、_____两方。具体在哪一方登记增加额或减少额，取决于所采用的_____和_____。

5. 会计科目的级次是指会计科目按其提供指标_____的分类，一般可分为_____和_____两类。

6. 由于损益是企业取得的收入和发生的与之配比的费用相抵后的差额，因此，损益类账户可分为_____类账户和_____类账户。

7. 在账户中记录经济业务的记账方法有_____和_____。

8. 复式记账法，是对发生的每一笔经济业务，都以_____的金额，在_____的两个或两个以上账户中进行记录的记账方法。

9. 运用复式记账法记账后，通过_____可以全面反映企业经济业务的来龙去脉，通过_____可以检查账户记录的正确性。

10. 借贷记账法是以_____和_____作为记账符号，反映各项会计要素增减变动情况的一种方法，其记账规则是_____、_____。

11. 为了使账户中的记录与资产负债表的结构相配合，各资产账户的期初余额，应分别记入各该账户的_____方；各权益账户的期初余额，应分别记入各该账户的_____方。

12. 记账规则是记账的_____，也是_____的依据。

13. 资产类账户期末余额的计算公式是_____，权益类账户期末余额的计算公式是_____。

14. 运用借贷记账法记账时，在有关账户之间形成的应借、应贷的相互关系，称为_____，发生对应关系的账户叫做_____。

15. 标明某项经济业务应借、应贷账户名称及其金额的记录叫做_____，按其涉及的账户是否超过两个（或按其结构不同）可分为_____和_____两种。

16. 为了保持账户对应关系的清楚，一般不宜把_____的经济业务合并在一起，编制_____的分录。

17. 试算平衡的方法主要有_____平衡的方法和_____平衡的方法。

18. 经济业务的相互联系在账户中的记录表现为账户的_____。

19. 资产类账户的借方记录资产的_____，贷方记录资产的_____，期末余额一般是在_____。

20. 成本类账户的结构与_____类账户的结构基本相同，借方登记_____，贷方登记_____，期末余额一般在_____。

21. 在借贷记账法下，"借"字表示_____的增加、费用成本的_____、负债和所有者权益的_____及_____的转销。

22. 单式记账法，是指只对现金的_____业务以及_____款的结算业务，只在_____中进行记录的记账方法。

23. 所谓试算平衡，就是根据_____和_____的平衡关系，利用_____在账户中记录经济业务所必然出现的借贷平衡，来检查账户记录是否正确、完整的一种验证方法。

24. 资产类账户的余额在_____，权益类账户的余额在_____，在借贷记账法下，可以根据_____来判断账户的性质。

25. 在账户中记录经济业务的记账方法有_____和_____。

26. 调整账户，是用来_____，以求得_____的实际金额而设置的账户。

27. 计价对比账户，是对_____，按照两种不同的_____，对比确定其业务成果的账户。

28. 会计科目与会计账户是两个_____的概念。

3.2　单项选择题

3.2.1　要求

下列各题目的 4 个备选答案中只有 1 个是正确的，请将正确答案的"字母"序号填入每个题目中的括号内。

3.2.2　题目

1. 在借贷记账法下，发生额试算平衡的理论依据是（　　）
   A. 会计恒等式　　　　　　　　　　　B. 借贷记账法的记账规则
   C. 账户对应关系　　　　　　　　　　D. 经济业务的类型

2. 在借贷记账法下，余额试算平衡的理论依据是（　　）
   A. 会计恒等式　　　　　　　　　　　B. 借贷记账法的记账规则
   C. 账户对应关系　　　　　　　　　　D. 经济业务的类型

3. 复式记账法建立的理论依据是（　　）
   A. 会计恒等式　　　　　　　　　　　B. 借贷记账法的记账规则
   C. 账户对应关系　　　　　　　　　　D. 经济业务的类型

4. 复式记账法是对发生的每一项经济业务，都以相等的金额在（　　）中进行登记的一种记账方法。
   A. 一个账户　　　　　　　　　　　　B. 三个以上账户
   C. 两个账户　　　　　　　　　　　　D. 相互关联的两个或两个以上账户

5. 为了保证会计分录有清晰的账户对应关系，一般情况下不宜编制（　　）
   A. 一借一贷分录　　B. 一借多贷分录　　C. 一贷多借分录　　D. 多借多贷分录

6. 资产类账户的余额在（　　）
   A. 借方　　　　　　B. 贷方　　　　　　C. 右方　　　　　　D. 借方或贷方

7. 借记"应付账款"账户，贷记"实收资本"账户的经济业务属于（　　）
   A. 资产内部变化　　　　　　　　　　B. 负债内部变化
   C. 权益内部变化　　　　　　　　　　D. 所有者权益内部变化

8. 借记"银行存款"账户，贷记"应收账款"账户的业务，表明（　　）
   A. 债权增加　　　　B. 债务增加　　　　C. 收回债权　　　　D. 债务减少

9. 我国《企业会计准则》规定企业一律采用（　　）
   A. 银行资金收付记账法　　　　　　　B. 增减记账法
   C. 现金收付记账法　　　　　　　　　D. 借贷记账法

10. 复式记账法对发生的每一笔业务都要在两个或两个以上的相互关联账户中（   ）

    A. 平行登记
                B. 补充登记

    C. 连续登记
                D. 以相等金额进行登记

11. 按"有借必有贷，借贷必相等"的记账规则在账户记录经济业务后的结果是（   ）

    A. 资产类账户发生额等于负债和所有者权益账户的发生额

    B. 所有账户的本期借方发生额合计等于本期贷方发生额合计

    C. 每个账户的借方发生额等于贷方发生额

    D. 总分类账户的本期借方（或贷方）发生额等于所属明细账户借方（或贷方）发生额合计

12. 编制总分类账户余额试算平衡表就能为什么的编制做好准备（   ）

    A. 科目汇总表
    B. 资产负债表
    C. 损益表
    D. 利润分配表

13. 在借贷记账法的账户余额试算平衡表中，借方余额合计和贷方余额合计分别表示（   ）

    A. 两类性质账户

    B. 权益类账户余额合计，资产类账户余额合计

    C. 既有资产类又有权益类

    D. 资产类账户余额合计，权益类账户余额合计

14. 在借贷记账法的账户发生额试算平衡表中，借方发生额合计和贷方发生额合计分别表示（   ）

    A. 两类性质的账户

    B. 借方反映资产减少，贷方反映权益增加

    C. 资产类账户的增加与权益类账户的减少的合计，资产类账户的减少与权益类账户的增加的合计

    D. 资产类账户的减少与权益类账户的增加的合计，资产类账户的增加与权益类账户的减少的合计

15. 账户分为借贷两方，哪一方记增加，哪一方记减少，其决定的依据是（   ）

    A. 采用那种记账方式
                B. 账户所反映的经济内容

    C. 借方登记增加数，贷方登记减少数
    D. 贷方登记增加数，借方登记减少数

16. 收入成果类账户的结构与权益类账户的结构（   ）

    A. 完全一致
    B. 相反
    C. 基本上相同
    D. 无关

17. 在借贷记账法下，账户的基本结构一般分为（   ）

    A. 左右两方
                B. 前后两部分

    C. 发生额和余额两部分
       D. 上下两部分

18. 损益收入类账户和损益支出类账户在期末结账后应是（   ）

A. 没有余额　　　　B. 借方余额　　　　C. 贷方余额　　　　D. 借贷方均有余额

19. 资产类账户借方记减少，贷方记增加，就企业一个月的全部经济业务来讲，结果正确的是（　　　）

A. 每个资产账户的借方数额大于贷方数额

B. 每个资产账户的借方数额小于贷方数额

C. 资产类账户借方合计额大于、等于、小于贷方合计额都有可能出现

D. 资产类账户借方合计额必然大于贷方合计额

20. 简单会计分录就是指（　　　）

A. 一借多贷分录　　B. 一借一贷分录　　　C. 一贷多借分录　　　D. 多借多贷分录

21. 账户的哪一方记增加，哪一方记减少，主要取决于（　　　）

A. 账户的经济内容 B. 账户的用途　　　C. 账户的结构　　　D. 账户的格式

22. 下列各项中不属于会计科目的是（　　　）

A. 所有者权益　　　B. 所得税　　　　　C. 坏账准备　　　　D. 应收票据

23. 账户用来连续、系统地记载各项经济业务的一种手段，其开设的根据是（　　　）

A. 会计凭证　　　　B. 会计对象　　　　C. 会计科目　　　　D. 财务指标

24. 在下列账户中，与负债账户结构相同的是（　　　）

A. 资产类账户　　　B. 成本类账户　　　C. 费用类账户　　　D. 所有者权益类账户

25. 下列属于负债类账户的是（　　　）

A. 预付账款　　　　B. 待摊费用　　　　C. 预提费用　　　　D. 其他应收款

26. 下列属于成本类账户的是（　　　）

A. 营业成本　　　　B. 营业费用　　　　C. 库存商品　　　　D. 制造费用

3.3　多项选择题

3.3.1　要求

下列各题目的 5 个备选答案中有两个以上是正确的，请将正确答案的"字母"序号填入每个题目中的括号内。

3.3.2　题目

1. 采用借贷记账法时，账户的借方登记（　　　）

A. 资产增加　　　　　　　B. 负债减少　　　　　　　C. 所有者权益减少

D. 成本、费用增加　　　　E. 成本费用的减少或转销

2. 借贷记账法的试算平衡包括（　　　）

A. 分录平衡　　　　　　　B. 发生额平衡　　　　　　C. 余额平衡

D. 资产、权益平衡　　　　E. 科目汇总表平衡

3. 不能通过试算平衡发现错误的有（　　　）

A. 应借应贷的账户中借贷方向颠倒

B. 借贷双方金额中一方少计另一方多计

C. 借贷双方金额中重记、漏记和少计

D. 某项经济业务尚未入账

E. 一项业务与另一项业务错记金额相互抵消

4. 会计分录的要素包括（　　　）

A. 会计科目（账户）　　　B. 货币计量单位　　　　　C. 记账方向

D. 记账金额　　　　　　　E. 账户的对应关系和会计凭证

5. 编制会计分录的目的是为了（　　　）

A. 编制记账凭证　　　　　B. 便于试算平衡　　　　　C. 防止记账出错

D. 作为入账的依据　　　　E. 反映账户的对应关系

6. 复式记账法的优点包括（　　　）

A. 进行试算平衡　　　　　B. 简化账簿的登记工作　　C. 了解经济业务的来龙去脉

D. 检查账户记录的正确性　E. 不要求账户固定分类

7. 关于"有借必有贷"记账规律的错误理解有（　　　）

A. 记入一个账户的借方，必须同时记入该账户的贷方

B. 记入一个账户的借方，必须同时记入另一个账户的贷方

C. 记入一个账户的借方，必须同时记入另一个或几个账户的贷方

D. 记入一个或几个账户的借方，必须同时记入另一个账户的贷方

E. 记入几个账户的借方，必须同时记入另几个账户的贷方

8. 关于"借贷必相等"记账规律的正确理解有（　　　）

A. 记入借方账户、贷方账户的金额必须相等

B. 记入账户借方、贷方的金额合计必须相等

C. 记入一个账户的借方和另一个或几个账户贷方的金额必须相等

D. 记入一个或几个账户的借方和另一个账户贷方的金额必须相等

E. 总分类账户的本期借方（或贷方）发生额等于所属明细账户借方（或贷方）发生
   额合计

9. 借贷记账法的试算平衡公式有（　　　）

A. 借方科目金额＝贷方科目金额

B. 借方期末余额＝借方期初余额＋本期借方发生额－本期贷方发生额

C. 全部账户借方发生额合计＝全部账户贷方发生额合计

D. 全部账户借方余额合计＝全部账户贷方余额合计

E. 总分类账户借方余额合计＝所属明细分类账户余额合计

10. 借贷记账法下，账户的贷方用来登记（　　　）
   A. 资产增加、权益减少
   B. 资产减少、权益增加
   C. 费用成本的增加、收入的减少
   D. 费用成本的减少或转销及收入的增加
   E. 权益的减少及收入的减少或转销

11. 运用单式记账法记账，一般设置的账户有（　　　）
   A. 现金账户　　　　　　B. 银行存款账户　　　　C. 材料账户
   D. 应收账款账户　　　　E. 应付账款账户

12. 借贷记账法下，账户的借方用来登记（　　　）
   A. 资产增加　　　　　　B. 负债减少　　　　　　C. 费用减少或转销
   D. 所有者权益增加　　　E. 收入、利润减少或转销

13. 在借贷记账法下，试算平衡的依据有（　　　）
   A. 发生额平衡法　　　　B. 余额平衡法　　　　　C. 借贷记账法的记账规则
   D. 会计分录　　　　　　E. 资产和权益平衡关系原理

14. 账户按经济内容分类，可分为（　　　）
   A. 资产类账户　　　　　B. 负债类账户　　　　　C. 所有者权益类账户
   D. 成本类账户　　　　　E. 损益类账户

15. 设置会计科目应遵循的原则有（　　　）
   A. 要经过审计人员的批准　　B. 要保持相对稳定性
   C. 要结合会计对象的特点　　D. 将统一性与灵活性结合起来
   E. 要符合经济管理的客观要求

16. 属于会计科目的有（　　　）
   A. 流动资产　　　　　　B. 固定资产　　　　　　C. 应付利润
   D. 库存商品　　　　　　E. 在产品

17. 会计科目与会计账户之间的关系是（　　　）
   A. 会计科目是会计账户的名称
   B. 会计科目就是会计账户
   C. 账户是按照会计科目所做的分类来记录经济业务
   D. 企业可以根据规定的会计科目有选择地开设账户
   E. 明细账户是按子目或细目开设的

18. 与资产类账户结构相反的账户是（　　　）
   A. 负债　　　　　　　　B. 费用　　　　　　　　C. 收入
   D. 所有者权益　　　　　E. 成本

19. 属于损益类账户的是（　　　　）

    A. 所得税　　　　　　　B. 投资收益　　　　　　C. 制造费用

    D. 生产成本　　　　　　E. 管理费用

20. 属于所有者权益账户的是（　　　　）

    A. 长期投资　　　　　　B. 实收资本　　　　　　C. 资本公积

    D. 盈余公积　　　　　　E. 利润分配

21. 按权责发生制要求而设置的账户有（　　　　）

    A. 固定资产　　　　　　B. 预提费用　　　　　　C. 待摊费用

    D. 应交税费　　　　　　E. 预收账款

3.4　判　断　题

3.4.1　要求

判断下列命题是否正确，在每一个命题后面的括号内作出选择，你认为是正确的画"√"；你认为是错误的画"×"。

3.4.2　题目

1. 借贷记账法的试算平衡公式分为发生额平衡公式和差额平衡公式。（　　　）

2. 在借贷记账法下，费用类账户期末一般无余额。（　　　）

3. 账户对应关系是指两个账户之间的应借应贷关系。（　　　）

4. 按现行规定，企业的会计分录必须采用借贷记账法。（　　　）

5. 单式记账法是只记一个账户，复式记账法是同时登记两个账户。（　　　）

6. 总分类账户期末余额应与所属明细分类账户期末余额合计数相等。（　　　）

7. 复式记账法具有能够反映资金运动全貌、有完整的账户体系和便于检查账户记录正确性的特点。（　　　）

8. 即使采用同一种记账方法，账户的性质不同，其结构也是不同的。（　　　）

9. 账户记录通过试算平衡后，表明账户记录完全正确。（　　　）

10. 会计分录中的"借"表示增加，"贷"表示减少。（　　　）

11. 会计科目是对会计对象进行分类核算的类目。（　　　）

12. 会计科目与会计账户是同义词，两者没有什么区别。（　　　）

13. 企业应根据国家财政部制定的会计制度的统一规定设置会计科目。（　　　）

14. 明细分类科目按照其经济内容不同，又可分为子目和细目。（　　　）

15. 账户的具体表现形式是一种具有一定格式和结构的表格。（　　　）

16. 会计科目是账户名称，账户是按照会计科目设置的。　　　　　　　（　　）

17. 按照所反映的内容不同，会计科目可以分为总分类科目和明细分类科目。　（　　）

18. 所有的总分类科目都要设置明细分类科目。　　　　　　　　　　（　　）

3.5　专项实训一　经济业务的发生对会计要素增减变化的影响

3.5.1　目的

了解经济业务发生后所引起的资产、负债、所有者权益要素的增减变化情况。

3.5.2　资料

洪都机械厂 2011 年 2 月份发生的部分经济业务如下。

1. 国家投入货币资本 30 000 元，存入银行。

2. AB 公司同意将洪都机械厂前欠的货款 60 000 元作为该公司对洪都机械厂的投资（债转股）。

3. 从银行提取现金 7 000 元备零用。

4. 通过银行收回大兴工厂前欠的货款 45 000 元。

5. 以银行存款归还向银行借入的流动资金借款 150 000 元。

6. 联营单位滨海机床厂以投资的形式对洪都机械厂投入新机器 3 台，价值 90 000 元。

7. 购入钢材 45 000 元，已验收入库，货款用银行存款支付。

8. 收回大连机器厂前欠的货款 79 000 元，其中 20 000 元直接归还银行短期借款，其余 59 000 元存入银行。

9. 厂长王亚萍出差预借差旅费 2 000 元，付现金。

10. 出售不需用的新机床 4 台，价值总计 128 000 元，款存银行。

11. 购入材料 66 000 元，已验收入库，货款未付。

12. 向银行借入流动资金借款 140 000 元，并转存银行。

13. 生产车间领用材料 32 000 元，用于产品生产。

14. 向江南机床厂购入车床 5 台，总计价值 50 000 元。车床已验收入库，货款暂欠。

15. 向银行借入短期借款 24 000 元，直接偿还前欠永宏钢铁公司的货款。

16. 联营期限已满，按规定将联营单位新星机械厂的原投资 40 000 元用银行存款退回。

17. 企业将资本公积金 10 000 元转增资本。

18. 青胜蓝公司投入货币资本 60 000 元，其中 40 000 元存银行，20 000 元直接归还前欠耀辉工厂的货款。

19. 用银行存款缴纳应交税金 25 000 元。

20. 用银行存款支付应付给锦华公司（投资单位）的应付利润 36 000 元。

3.5.3 要求

1. 分析每笔经济业务所引起的资产和权益有关项目的增减变化情况，并将分析结果填入"洪都机械厂资产和权益项目增减变动情况表"，如表 3-1 所示。

2. 计算资产和权益的增减净额，观察两者是否相等。

表 3-1 洪都机械厂资产和权益项目增减变动情况表

2011 年 2 月

业务序号	资 产			负 债			所有者权益		
	涉及的项目	增加额	减少额	涉及的项目	增加额	减少额	涉及的项目	增加额	减少额
1	银行存款	30 000					实收资本	30 000	
2				应付账款		60 000	实收资本	60 000	
3									
4									
5									
6									
7									
8									
9									
10									
11									
12									
13									
14									

续表

业务序号	资产			负债			所有者权益		
	涉及的项目	增加额*	减少额	涉及的项目	增加额	减少额	涉及的项目	增加额	减少额
15									
16									
17									
18									
19									
20									
	合计		589 000	合计	280 000		合计		50 000
	资产净增减额：			负债净增减额： 权益净增减额：			所有者权益净增减额：		

3.6　专项实训二　经济业务引起资产和权益项目增减变化平衡表

3.6.1　目的

了解并掌握企业经济业务发生后引起资产、负债及所有者权益各项目的增减变动结果及其平衡关系。

3.6.2　资料

1. 洪都机械厂 2011 年 1 月 31 日资产和权益的状况如下：

现金	12 000	短期借款	80 000
银行存款	38 000	应付账款	91 000
应收账款	126 000	应交税金	35 000
其他应收款	1 000	应付股利	40 000
原材料	70 000	应付工资	12 000

库存商品	54 000	实收资本	420 000
生产成本	39 000	资本公积	32 000
固定资产	440 000	盈余公积	70 000

2. 洪都机械厂2011年2月份发生下列经济业务（同3.5.2）。

3.6.3 要求

1. 根据本资料1，分清其各项目分别属于资产、负债、所有者权益要素中的那一类，填入"洪都机械厂资产和权益增减变化平衡表"（见表3-2）的"资产项目"栏或"负债及所有者权益项目"栏，并将其金额填入相应的"增减前金额"栏内。

表3-2　洪都机械厂资产和权益增减变化平衡表

2011年2月

资产项目	增减前金额	增加金额	减少金额	增减后金额	负债及所有者权益项目	增减前金额	增加金额	减少金额	增减后金额
应收账款			124 000						
					实收资本	420 000			
合计	780 000				合计	780 000			

2. 根据本资料2，分析其经济业务所涉及的资产、负债、所有者权益的项目，以及数量的增减变动，并将其填入"洪都机械厂资产和权益增减变化平衡表"内相对应项目的"增加金额"栏或"减少金额"栏内。注意应将相同项目的增加金额或减少金额相加后填入相关栏内。如本资料中涉及"实收资本"增加的业务有第1笔30 000元，第2笔60 000元，第6笔90 000元，第17笔10 000元，第18笔60 000元，应将5个数字相加为250 000元，填入"负债及所有者权益项目"大栏"实收资本"行的"增加金额"小栏内，再如本资料中涉及"应收账款"减少的业务有"第4笔15 000，第8笔79 000元，应将两个数字相加为94 000元，填入"资产项目"大栏"应收账款"行的"减少金额"小栏内。如表3-2所示。

3. 对每一项目，根据："增减前金额＋增加金额－减少金额＝增减后金额"的公式进行计算，并将计算结果填入"增减后金额"栏内，最后进行合计。然后，观察"增减后金额"栏资产方和负债及所有者权益方是否相等，并思考为什么。

3.7　综合实训　运用借贷记账法编制会计分录

3.7.1　目的

练习运用借贷记账法编制会计分录。

3.7.2　资料

洪都机械厂 2011 年 2 月除了本章专项实训一发生的 20 笔经济业务（见 3.5.2）以外，又发生以下几笔经济业务：

1. 车间生产产品领用 A 材料 1 000 kg，单价 40 元，B 材料 2 000 kg，单价 30 元。
2. 用现金 10 000 元发放应付职工工资。
3. 产品生产完工验收入库，结转完工产品成本 119 000 元。
4. 厂长王亚萍出差归来报销差旅费 1 800 元，余款 200 元交回现金，结清原借款。

3.7.3　要求

先对上述经济业务进行分析，然后用借贷记账法编制会计分录并填入表 3-3 内。

表 3-3　会计分录表

序号	会计分录	序号	会计分录
1	借：银行存款　30 000 　贷：实收资本　30 000	13	
2		14	
3		15	
4		16	
5		17	
6		18	
7		19	
8		20	
9		21	
10		22	
11		23	
12		24	

第4章
原始凭证的填制和审核

4.1 填 空 题

4.1.1 要求

将正确的答案填在下列各题目的空格中。

4.1.2 题目

1. 会计凭证是用来记载_____，明确_____的书面证明，也是登记_____的依据，按其_____不同可分为原始凭证和记账凭证两类。

2. 原始凭证按其取得的来源不同可分为_____原始凭证和_____原始凭证两种；按其填制手续次数的多少可分为_____、_____和_____三种。

3. 原始凭证是用来记录和证明经济业务的_____情况，明确业务经办人员的经济责任并作为记账_____的一种会计凭证。

4. 原始凭证的审核包括_____、_____、_____和_____四方面的审查。

5. 车间填制的限额领料单，按其取得来源分类属于_____，按其填制手续分类属_____。

6. 购货发票按其取得来源分类属于_____，按其填制手续分类属于_____。

7. 累计凭证是指在一定时期内连续记载若干项_____性质的经济业务，其填制手续是_____完成的原始凭证。

4.2　单项选择题

4.2.1　要求

下列各题目的 4 个备选答案中只有 1 个是正确的，请将正确答案的"字母"序号填入每个题目中的括号内。

4.2.2　题目

1. 在同一张凭证中，连续记载一定时期内若干笔同类性质的经济业务，直到期末求出总数以后，原始依据的原始凭证，称为（　　）
   A. 原始凭证汇总表　B. 累计凭证　　　　C. 复式凭证　　　　D. 一次凭证

2. 下列凭证中不能证明经济业务发生并可据以编制记账凭证的有（　　）
   A. 供应单位开的发票　　　　　　　B. 收款单位开的收据
   C. 购销合同　　　　　　　　　　　D. 材料入库单

3. 下列各项中不属于记账凭证应具备的基本内容的是（　　）
   A. 经济业务的基本内容　　　　　　B. 经济业务的内容摘要
   C. 填制和接受单位的名称　　　　　D. 填制单位及有关人员的签章

4. 根据账簿记录的结果编制的原始凭证，叫做（　　）
   A. 单式记账凭证　　　　　　　　　B. 外来原始凭证
   C. 记账编制凭证　　　　　　　　　D. 累计凭证

5. 会计凭证分为原始凭证和记账凭证，其分类的依据是（　　）
   A. 凭证的经济内容不同　　　　　　B. 填制的程序和用途不同
   C. 填制的方法不同　　　　　　　　D. 凭证的格式不同

6. 一次凭证和累计凭证的主要区别是（　　）
   A. 一次凭证是记载二笔经济业务，累计凭证是记载多笔经济业务
   B. 累计凭证是自制原始凭证，一次凭证是外来原始凭证
   C. 累计凭证填制的手续是多次完成的，一次凭证填制的手续是一次完成的
   D. 累计凭证是汇总凭证，一次凭证是单式凭证

7. 原始凭证按其取得来源的不同，可以分为（　　）
   A. 外来原始凭证和自制原始凭证　　B. 单式记账凭证和复式记账凭证
   C. 一次凭证和累计凭证　　　　　　D. 收款凭证、付款凭证和转账凭证

8. 下列属于外来原始凭证的是（　　）
   A. 入库单　　　　B. 出库单　　　　C. 银行收款通知单　D. 发出材料汇总表

4.3 多项选择题

4.3.1 要求

下列各题目的 5 个备选答案中有两个以上是正确的，请将正确答案的"字母"序号填入每个题目中的括号内。

4.3.2 题目

1. 下列属于原始凭证的有（　　　）
   A. 一次凭证与累计凭证　　B. 收料单与发料凭证汇总表　　C. 联合凭证
   D. 购料合同　　　　　　　　E. 外来凭证

2. 下列各项中属于原始凭证和记账凭证共同具备的基本内容的是（　　　）
   A. 凭证的名称及编号　　　　　　　　B. 填制凭证的日期
   C. 填制及接受单位的名称　　　　　　D. 经济业务的详细或基本内容
   E. 填制单位名称及有关人员的签章

3. 下列凭证中可用来证明经济业务的发生和完成情况并据以编制记账凭证的有（　　　）
   A. 供应单位开来的发票　　B. 对购货单位开出的发票　　C. 收款单位开来的收据
   D. 经签字生效的购销合同　E. 经领导批准的材料请购单

4. 下列项目中属于原始凭证必须具备的基本内容是（　　　）
   A. 接受单位的名称　　　　　　　　　B. 凭证名称、日期、编号
   C. 填制单位名称和有关人员签章　　　D. 经济业务详细内容
   E. 应借应贷会计科目及金额

5. 某单位购入并验收原料一批，货款已付，这项业务应填制的会计凭证有（　　　）
   A. 收款凭证　　　　　　　B. 收料单　　　　　　　　C. 付款凭证
   D. 累计凭证　　　　　　　E. 领料单

4.4 判 断 题

4.4.1 要求

判断下列命题是否正确，在每一个命题后面的括号内作出选择，你认为是正确的画"√"；你认为是错误的画"×"。

4.4.2　题目

1. 填制和审核会计凭证是会计核算和监督单位经济活动的起点和基础。　　　（　　　）
2. 外来原始凭证是由外单位填制的，而自制原始凭证则是由本单位财会人员填制的。
　　　　　　　　　　　　　　　　　　　　　　　　　　　　　　　　　　　（　　　）
3. 原始凭证是在经济业务发生或完成时取得或编制的。它载明经济业务的具体内容，明确经济责任，是具有法律效力的书面证明。　　　　　　　　　　　　　　（　　　）
4. 原始凭证记录的是经济信息，而记账凭证记录的是会计信息。　　　　（　　　）
5. 由于记账凭证是根据原始凭证编制的，因此所有的记账凭证都必须附有原始凭证。
　　　　　　　　　　　　　　　　　　　　　　　　　　　　　　　　　　　（　　　）
6. 自制原始凭证是企业内部经办业务的部门和人员填制的凭证。　　　　（　　　）

4.5　专项实训　填制和审核原始凭证

4.5.1　目的

掌握各类原始凭证的填制及审核方法。

4.5.2　资料

曙光工厂（开户银行：大十字办事处，简称大办，账号：147258379，地址：阿克苏市大十字29 号，税务登记号：140102630101234，增值税税率 17％）2010 年 12 月发生如下经济业务：

1. 1 日，财务科出纳员刘娜开出现金支票一张 1 000 元，从银行提取现金，以备零用。要求：填写现金支票（现金支票存根留存作编制记账凭证的依据）。

2. 1 日，供销科刘小峰因采购材料去南京，经供销科科长王猛批准，填写“借款单”向财务科借现金 500 元。复核人韩敏，财务科长刘明。

3. 1 日，收到本市盛峰工厂前欠的货款 80 000 元，收到转账支票一张并转存银行。要求：填写“进账单”一份。（盛峰工厂开户行：工行广办，账号：3867926）。

4. 2 日，收到大冶市前进公司（地址：滨河路 26 号，开户行：工行河办，账号 428796，税务登记号：130203112345678）前欠的货款 12 000 元。要求代对方填制信汇凭证，对方汇出日期为 2010 年 11 月 28 日。

5. 2 日，向本市盛峰工厂（地址：新建路 38 号，税务登记号：140102620102026）销售甲产品 200 件，单价 400 元，乙产品 200 件，单价 300 元，货已发出，货款暂未收到。要求：填写增值税专用发票（“记账联”作为填制记账凭证的依据）和“出库单”（“财务联”作为填制记账凭证的依据）。

4.5.3 要求

根据以上经济业务，填制表4-1至表4-5所示的原始凭证。

表4-1 现金支票

现金支票存根	**现金支票** 支票号码：****
支票号码 科　　目 对方科目 签发日期：　年 月 日	签发日期：　年 月 日　　开户行名称： 收款人：　　　　　　签发人账号：

人民币（大写）　　　　　　千 百 十 万 千 百 十 元 角 分

收款人：

金额：

用途：

备注：

用途：　　　　　　　　　　科目（付）
上列款项请从我账户内支付对方　科目（收）

转账日期：　年 月 日

复核：**　　记账：**

签发人盖章：

单位主管：**　会计：**

表4-2 借款单

资金性质　　　　　　　　年 月 日

借款单位：

借款理由：

借款数额：

本单位负责人意见：

会计主管批核：	付款方式：	出纳：

表4-3 中国工商银行进账单（回单）　　1

年 月 日　　　　　　　　　　第　　号

出票人	全称		收款人	全称		千	百	十	万	千	百	十	元	角	分
	账号			账号											
	开户银行			开户银行											

人民币（大写）

票据种类：		收款人开户行盖章
票据张数		
单位主管：　会计：　复核：　记账：		

此联是收款人开户银行交给收款人的回单

表 4 - 4　中国工商银行信汇凭证（回单）

汇款单位编号　　　　　　　委托日期：　年 月 日

收款单位	全称		汇款单位	全称												
	账号或住址			账号或住址												
	汇入地点			汇出地点												
金额	人民币（大写）					千	百	十	万	千	百	十	元	角	分	

汇款用途：

上列款项已根据委托办理，如需查询，请持回单来行面洽

单位主管：**　会计：**　出纳：**　记账：**

（派出行盖章）

　　年 月 日

此联是汇出银行给汇款单位的回单

表 4 - 5　增值税专用发票　　　　No

发 票 联　　　　开票日期：　年 月 日

购货单位	名称：		密码区	
	纳税人识别号：			
	地址、电话：			
	开户银行及账号			

货物或应税劳务名称	规格型号	单位	数量	单价	金额	税率	税额
价税合计（大写）					（小写）		

销货单位	名称：		备注	
	纳税人识别号：			
	地址、电话：			
	开户银行及账号：			

收款人：××　　　　复核：××　　　　开票人：××　　　　销货单位：××（章）

第二联：发票联

4.6 综合实训

4.6.1 目的

通过练习熟悉原始凭证的内容，掌握原始凭证的填制方法。

4.6.2 资料

1. 12月2日，财务科科长刘伟出差预借差旅费2 500元，付给现金，请根据资料填制借款单（见表4-6）。

表4-6 借 款 单

资金性质　　　　　　　　　　　　年　月　日

借款单位：		
借款理由：		
借款数额：		
本单位负责人意见：		
会计主管批核：	付款方式：	出纳：

2. 12月3日，收到金帝公司（账号：31130022653，开户银行西六路支行）投入的货币资金60万元，已办理银行进账手续。请根据资料填制银行进账单回单（见表4-7）和工商企业资金往来发票专用联（见表4-8）。

表4-7 中国工商银行进账单（回单）　　　1

年　月　日　　　　　　　　　　　　第019号

出票人	全称		收款人	全称		千	百	十	万	千	百	十	元	角	分	此联是收款人开户银行交给收款人的回单
	账号			账号												
	开户银行			开户银行												
人民币（大写）																
票据种类：																
票据张数：																
单位主管：　会计：　复核：　记账：			收款人开户行盖章													

表4-8　北京市工商企业资金往来专用发票　　　　　　(02)

　　　　　　　　　　　　　　　　　　　　　　　　　　乙1

　　　　　　　　　　副　联　　　　　　　　　　　　No0502582

客户名称：金帝公司支票号：1734151569　日期：　年　月　日　　京国税

往来项目	单位	数量	单价	金　额										
				千	百	十	万	千	百	十	元	角	分	
														此发票适用范围
														本发票由在本市的工商企业发生的除商品销售、提供加工以外的资金往来时使用。
小写金额														
大写金额														

　　3. 12月4日，向黄山公司购入A材料2 000千克，单价1.40元；向泰山公司购入B材料3 000千克，单价2.00元。货款上月已付，材料到达并经验收入库。请根据资料填制收料单（见表4-9和表4-10）。

表4-9　收　料　单

材料科目：　　　　　　　　　　　　　　　　　　　　　编　　号：

材料类别：　　　　　　　　　　　　　　　　　　　　　收料仓库：

供应单位：　　　　　　　　　　　年　　月　　日　　　发票号码：

材料编号	材料名称	规格	计量单位	数量		实际价格				计划价格	
				应收	实收	单价	发票金额	运费	合计	单价	金额
备注											

采购员：××　　　　　　检验员：××　　　　　　记账员：××　　　　　　保管员：××

表4-10 收料单

材料科目： 　　　　　　　　　　　　　　　　　　　　　　　　　　编　号：

材料类别： 　　　　　　　　　　　　　　　　　　　　　　　　　　收料仓库：

供应单位： 　　　　　　　　　年　月　日　　　　　　　　　　　发票号码：

材料编号	材料名称	规格	计量单位	数量		实际价格				计划价格	
				应收	实收	单价	发票金额	运费	合计	单价	金额
备注											

采购员：×× 　　　　　检验员：×× 　　　　　记账员：×× 　　　　　保管员：××

4. 12月8日，财务科科长刘伟青岛开会出差归来，公司经理陆敏签字，报销差旅费2 400元，其中住宿费3天×90元，路途5天，每天补助150元，飞机票1 380元。交回多余现金100元。请根据资料填制差旅费报销单（见表4-11）。

表4-11 差旅费报销单

出差人		共 人	职务		部门		审批人	
出差事由			出差日期					
到达地点				自 年 月 日至 年 月 日共 天				
项目金额	交通工具				其他	旅馆费	伙食补助	
	火车	汽车	轮船	飞机		住 天	在途 天	住勤 天
总计人民币（大写）								
原借款金额		报销金额			交结余或超支金额 ￥			
					人民币（大写）			

会计主管：关军 　　　　　　　会计： 　　　　　　　　　　　　出纳员：李娜

5. 12月10日，开出转账支票一张，预付下年度报纸杂志费1 382元。请根据资料填制银行转账支票存根（见表4-12）和报纸杂志订阅收据（见表4-13）。

表 4 - 12　银行转账支票

∗∗银行支票存根	**∗∗ 银行支票**　　　　　　　　　支票号码：∗∗∗∗
支票号码 科　　目 对方科目 　　签发日期：　年　月　日 收款人： 金额： 用途： 备注： 单位主管：∗∗　会计：∗∗	签发日期：　年　月　日　　开户行名称：∗∗∗∗ 收款人：∗∗∗∗∗　　　　　签发人账号：∗∗∗∗∗ 人民币（大写）　千 百 十 万 千 百 十 元 角 分 用途：　　　　　　　　　　科目（付） 上列款项请从我账户内支付对方　　科目（收） 转账日期：　年　月　日 复核：∗∗　　记账：∗∗ 签发人盖章：

表 4 - 13　报纸杂志订阅收据

代号	报纸名称	份数	起止期	共计册数	单价	款额
1 - 342		4		2010. 1～12	130	520.00
4 - 267		3		2010. 1～12	210	630.00
6 - 195		4		2010. 1～12	58	232.00
合计（大写）壹仟叁佰捌拾贰元整　　￥1 382.00						

6. 12 月 11 日，从银行提取现金 4 000 元备用。请根据资料填制银行支票存根（见表 4 - 14）。

表 4 - 14　银行支票存根

∗∗银行支票存根	**∗∗ 银行支票**　　　　　　　　　支票号码：∗∗∗∗
支票号码 科　　目 对方科目 　　签发日期：　年　月　日 收款人： 金额： 用途： 备注： 单位主管：∗∗　会计：∗∗	签发日期：　年　月　日　　开户行名称：∗∗∗∗ 收款人：∗∗∗∗∗　　　　　签发人账号：∗∗∗∗∗ 人民币（大写）　千 百 十 万 千 百 十 元 角 分 用途：　　　　　　　　　　科目（付） 上列款项请从我账户内支付对方　　科目（收） 转账日期：　年　月　日 复核：∗∗　　记账：∗∗ 签发人盖章：

7. 12月20日，向湖北中德公司（武汉市经十路168号，账号：1603006119223301288）销售甲产品600件，单价150元，价款9万元，增值税15 300元。全部款项通过银行办妥托收手续。请根据资料填制增值税专用发票（见表4-15）和委托收款凭证（见表4-16）。

表4-15 增值税专用发票　　　　　　No

发 票 联　　　　　　　　开票日期：　年 月 日

购货单位	名称：		密码区			
	纳税人识别号：					
	地址、电话：					
	开户银行及账号：					
货物或应税劳务名称	规格型号	单位	数量	单价	金额	税率	税额
						17％	
价税合计（大写）	壹拾万零伍仟叁佰元整　　　　　　（小写）					
销货单位	名称：		备注			
	纳税人识别号：	略				
	地址、电话：					
	开户银行及账号：					

第二联：发票联

收款人：××　　　　　复核：××　　　　　开票人：××　　　　　销货单位：××（章）

表4-16　委邮　委托收款凭证（回单）　1

委托日期：　年 月 日

收款单位	全称		付款单位	全称	
	账号或住址			账号或住址	
	开户银行	行号		开户银行	
委收金额	人民币（大写）			千 百 十 万 千 百 十 元 角 分	
款项内容	委托收款凭据名称		附寄单证张数	3	
备注	款项收妥日期　年 月 日				

此联是收款人开户银行给收款人的回单

单位主管：　　　　　会计：　　　　　复核：　　　　　记账：

8. 12 月 30 日，结转本月已销售甲产品成本 6 万元。请根据资料填制销售产品成本计算表（见表 4－17）。

表 4－17　销售产品成本计算表

品种	数量	计量单位	单位成本	总成本
甲产品				
合计				

4.6.3　要求

根据北京民发公司 2010 年 12 月份发生的经济业务填制原始凭证。北京民发公司账号：62176657321，开户银行：北京市工商银行西四路支行。

第5章
记账凭证的填制和审核

5.1 填 空 题

5.1.1 要求

将正确的答案填在下列各题目的空格中。

5.1.2 题目

1. 记账凭证是指会计部门根据审核无误的_____或_____填制的凭证，它是用来确定_____并登记账簿_____的凭证。

2. 记账凭证按其填制方式或所涉及的会计科目是否单一可分为_____和_____两种。按其适用的经济业务可分为_____和_____两类。

3. 对于现金和银行存款互相划转的业务，在实际工作中一般是填制_____，但也可以既填_____又填_____，但不要据以记入_____以免重复记账。

4. 收款凭证和付款凭证，既是登记_____、_____、明细账和总分类账的依据，也是出纳员_____的依据。

5. 会计凭证的传递，是指会计凭证从_____到_____过程中，在本单位内部各有关部门和人员之间的_____和_____。

6. 会计凭证的保管，是指会计凭证在登账后的_____、_____、_____和_____。

7. 收、付款凭证是根据有关_____和_____收付业务的原始凭证填制的，转账凭证是根据有关_____业务的原始凭证填制的。

8. 单式记账凭证是将某项经济业务所涉及的会计科目，分别按所涉及科目的_____各编制一张记账凭证，即_____和_____。

9. 在借贷记账法下，收款凭证的设证科目是_____方科目，付款凭证的设证科目是_____方科目。

5.2　单项选择题

5.2.1　要求

下列各题目的 4 个备选答案中只有 1 个是正确的，请将正确答案的"字母"序号填入每个题目中的括号内。

5.2.2　题目

1. 企业从银行提取现金，一般应填制的记账凭证是（　　　）

   A. 银行存款付款凭证

   B. 现金收款凭证

   C. 转账凭证

   D. 分别填制现金收款凭证和银行存款付款凭证，并据以入账

2. 单式记账凭证和复式记账凭证的异同是（　　　）

   A. 单式记账凭证采用的是单式记账法

   B. 复式记账凭证采用的是复式记账法

   C. 单式记账凭证和复式记账凭证都采用的是复式记账法

   D. 单式记账凭证一般是每张凭证只填列一个会计科目，复式记账凭证是把某项经济业务所涉及的会计科目集中填列在一张记账凭证上

3. 会计凭证分为原始凭证和记账凭证，其分类的依据是（　　　）

   A. 凭证的经济内容不同　　　　　　　B. 填制的程序和用途不同

   C. 填制的方法不同　　　　　　　　　D. 凭证的格式不同

4. 在记账凭证中，最主要的内容是（　　　）

   A. 经济业务的内容摘要　　　　　　　B. 会计分录

   C. 过账备注　　　　　　　　　　　　D. 有关人员的签章

5. 登记账簿的依据一般是（　　　）

   A. 会计分录　　　　B. 会计凭证　　　　C. 会计报表　　　　D. 经济合同

6. 会计凭证过程中的传递是指（　　　）

   A. 从取得到编制记账凭证过程中的传递

   B. 从填制记账凭证到归档保管过程中的传递

   C. 从取得原始凭证到登记账簿过程中的传递

   D. 从填制记账凭证到编制会计报表过程中的传递

7. 为了节约，在保证充分发挥会计凭证作用的前提下，可编制原始凭证和记账凭证相

结合的凭证，即（　　）

　　A. 联合凭证　　　　　　　　　　B. 记账凭证汇总表

　　C. 原始凭证汇总表　　　　　　　D. 累计凭证

8. 采购员报销 950 元差旅费，出纳员又补付其现金 150 元以结清其暂借款，这项业务应编制（　　）

　　A. 收款凭证和转账凭证　　　　　B. 收款凭证和付款凭证

　　C. 两张付款凭证　　　　　　　　D. 付款凭证和转账凭证

5.3　多项选择题

5.3.1　要求

下列各题目的 5 个备选答案中有两个以上是正确的，请将正确答案的"字母"序号填入每个题目中的括号中。

5.3.2　题目

1. 记账凭证填制以后，必须有专人审核，其审核的主要内容包括（　　）

　　A. 是否附有原始凭证

　　B. 所附原始凭证是否与记账凭证内容相符与完整

　　C. 会计分录是否正确，对应关系是否清晰

　　D. 经济业务是否合法与合规，有无违法乱纪等行为

　　E. 有关项目是否填列完备和有关人员的签章是否齐全

2. 通过会计凭证的填制和审核，可以（　　）

　　A. 检查经济业务的合规性　　　　B. 检查经济业务的合法性

　　C. 加强经营管理上的岗位责任制　D. 检查经济业务的系统性

　　E. 如实、及时地反映经济业务的发生和完成情况

3. 下列哪些项目是记账凭证必须具备的基本内容（　　）

　　A. 填制单位及凭证的名称

　　B. 填制的日期及编号

　　C. 经济业务的详细内容与接受凭证单位的名称

　　D. 应借应贷会计科目及金额

　　E. 所附原始凭证的张数与有关人员的签章

4. 收款凭证和付款凭证是用来记录货币资金收付业务的凭证，它们（　　）

　　A. 是根据现金和银行存款收付业务的原始凭证填制的

B. 是登记现金日记账、银行存款日记账的依据

C. 是登记明细账和总账等有关账簿的依据

D. 是出纳员收付款项的依据

E. 不是出纳员收付款项的依据，出纳员只根据有关现金收付业务的原始凭证即可收付款项

5. 对于现金和银行存款互相划转的业务，在编制记账凭证时（　　）

A. 一般只编付款凭证

B. 一般只编收款凭证

C. 既编收款凭证又编付款凭证并同时登账

D. 既编收款凭证又编付款凭证，但在登账时不要据以记入对方账户

E. 只编付款凭证不编收款凭证并不据以记入对方账户，以免重复登记

6. 单式记账凭证的特点是（　　）

A. 根据单式记账法编制的记账凭证

B. 把同类经济业务所涉及的每个会计科目分别填列在几张凭证上

C. 每个会计科目填列一张记账凭证

D. 便于汇总计算每一科目的发生额

E. 把同类经济业务集中汇总填列在一张记账凭证上

7. 收款凭证和付款凭证是根据现金、银行存款的收付业务填制的，因此可以用来（　　）

A. 作为登记账簿的依据　　　　　　　　B. 直接编制会计报表

C. 作为编制会计分录的依据　　　　　　D. 作为经济业务已经发生和完成的证明

E. 作为出纳人员收付款项的依据

8. 某单位购入并验收原料一批，货款已付，这项业务应填制的会计凭证有（　　）

A. 收款凭证　　　　　　　B. 收料单　　　　　　　C. 付款凭证

D. 累计凭证　　　　　　　E. 领料单

9. 记账凭证必须具备的基本内容是（　　）

A. 填制单位的名称　　　　B. 接受单位的名称　　　　C. 填制凭证的日期

D. 经济业务的内容摘要　　E. 记账凭证的名称和编号

10. 某一笔经济业务所编付款凭证左上角的"贷方科目"可能是下列哪些科目（　　）

A. 应付账款　　　　　　　B. 现金和银行存款　　　　C. 现金

D. 银行存款　　　　　　　E. 主营业务收入

11. 需要在收款凭证和付款凭证上签章的人员有（　　）

A. 财务主管人员　　　　　B. 记账人员　　　　　　　C. 审核人员

D. 出纳人员　　　　　　　E. 制单人员

5.4 判 断 题

5.4.1 要求

判断下列命题是否正确，在每一个命题后面的括号内作出选择，你认为是正确的画"√"；你认为是错误的画"×"。

5.4.2 题目

1. 填制和审核会计凭证是会计核算和监督单位经济活动的起点和基础。（　　）
2. 记账凭证按其所反映的经济内容不同，可以分为原始凭证、汇总凭证和累计凭证。（　　）
3. 付款凭证是只用于银行存款付出业务的记录凭证。（　　）
4. 记账凭证按其填制的方式不同可分为专用记账凭证和通用记账凭证两种。（　　）
5. 转账凭证是用于不涉及现金和银行存款收付业务的其他转账业务所用的记账凭证。（　　）
6. 原始凭证记录的是经济信息，而记账凭证记录的是会计信息。（　　）
7. 采用专用记账凭证，当发生现金和银行存款之间相互划转的经济业务时，为了避免重复记账，通常只编制付款凭证，不编制收款凭证。（　　）
8. 各单位应尽量压缩会计凭证流经各个环节停留的时间，以提高工作效率。（　　）

5.5 专项实训 填制和审核记账凭证

5.5.1 目的

掌握各类记账凭证的填制及审核方法。

5.5.2 资料

根据第 4 章 4.5 专项实训的有关资料（曙光工厂 2010 年 12 月 1—2 日发生的 5 笔经济业务）和填制的原始凭证，以及曙光工厂 2010 年 12 月 3—31 日发生的经济业务（为了节省篇幅，12 月 3—31 日发生的经济业务不再给出空白单证，也不需要再填列原始凭证，但需掌握每笔经济业务所需的表格有几张，是什么。）编制记账凭证，该企业采用收、付、转三种记账凭证，并分收、付、转分别进行编号。接第 4 章 4.5 专项实训第 5 笔经济业务，以下资料从第 6 笔经济业务开始。

1. 3 日，向本市红星工厂（地址：泰山路 93 号，开户行：工行泰办，账号：3679452，税务登记号：140102621879321）购进 A 材料 200 kg，单价 90 元，B 材料 400 kg，单价 75 元，增值税额共计 8 160 元，材料已验收入库，货款开出转账支票支付。要求：依据红星工厂填制的增值税专用发票（发票联、抵扣联作为我方的记账依据和向税务部门进行税款抵扣的依据）、材料入库单（财务联）填制付款凭证。

2. 3 日，加工车间生产甲产品领用 A 材料 800 kg，金额 72 000 元，B 材料 1 300 kg，金额 97 500 元。生产乙产品领用 A 材料 500 kg，金额 45 000 元，B 材料 600 kg，金额 45 000 元。要求：依据填制的领料单（财务联）编制转账凭证。

3. 4 日，厂部向永宏市文化用品商场（开户行：工行桥办，账号：3862317）购买办公用品：钢笔 9 支，单价 15 元，笔记本 20 本，单价 4 元，直接领用。要求：依据普通发货票一张（发票联），转账支票一张（支票存根留存作为我方记账的依据）填制转账凭证。

4. 4 日，预付明年上半年报刊费 500 元。要求：填写邮政报刊收据一张（《人民日报》2 份，单价 130 元，杂志 4 份，单价 60 元），转账支票一张。由于金额较小，直接计入本期的管理费用。

5. 5 日，开出信汇凭证一份偿还前欠鞍庆市吉安工厂（地址：吉安路 46 号；开户行：工行光办；账号：3973514）的货款 12 000 元。要求：依据"中国工商银行信汇凭证"，其中"付款通知"联作为我方的记账依据填制付款凭证。

6. 7 日，加工车间生产甲产品领用 A 材料 500 kg，金额 45 000 元；生产乙产品领用 B 材料 600 kg，45 000 元。要求：依据领料单（财务联）填制转账凭证。

7. 7 日，供销科刘小峰出差归来报销差旅费 530 元（起止日期 12 月 1—6 日，火车票 2 张，金额 160 元，市内交通费单据 5 张，金额 40 元，住宿费 4 天，金额 240 元，住勤费 60 元，途中补助 30 元），扣除原借款另补付刘小峰现金 30 元。要求：依据差旅费报销单填制转账凭证。

8. 8 日，向大冶市前进公司销售甲产品 175 件，单价 400 元，乙产品 100 件，单价 300 元，增值税额共计 17 000 元，货已发出并已办妥委托银行收款手续。另以转账支票一张支付应由本企业负担的大冶货站（开户行：工行车站办，账号：9831426）铁路运杂费 600 元。要求：依据增值税专用发票（记账联）、产成品出库单（财务联）、委托银行收款结算凭证（回单）1，转账支票（存根留存作为记账的依据）填制转账凭证。

9. 9 日，用银行存款支付永宏修缮队（开户行：工行广办，账号：389754）对厂部办公楼的修理费 1 200 元。要求：依据转账支票（存根留存作记账依据），对方填开普通发票（发票联）填制付款凭证。

10. 9 日，向鞍庆市吉安工厂（地址：吉安路 46 号；开户行：工行光办；账号：3973514。税务登记号：260306101012345）购进 A 材料 2 000 kg，@ 90 元；B 材料 1 000 kg，@75 元，增值税额共计 43 350 元，对方代垫运杂费 6 000 元，材料已验收入库，并同意付款。要求：依据增值税专用发票（发票联、抵扣联）、收料单、委托银行收款结算凭证（付款通知）填制付款凭证，对方托收日期为 2001 年 11 月 29 日。承付日期为 2010 年 12 月 9 日。

11. 10 日前向本市盛峰工厂销售产品的货款 40 000 元，收到转账支票一张，已送存银行。要求：依据"进账单"（收账通知）填制收款凭证。

12. 10 日，用银行存款归还前欠本市红星工厂的材料款 35 000 元。要求：依据转账支票填制付款凭证。

13. 11 日向本市盛峰工厂销售甲产品 100 件，单价 400 元，乙产品 200 件，单价 300 元，增值税额 17 000 元，货已被提走，货款收到转账支票一张已送存银行。要求：依据进账单，增值税专用发票"记账联"、出库单各一张填制收款凭证。

14. 12 日，收到银行转来"委托银行收款结算凭证（支款通知）"已从银行付永宏市电信局电话、电报费 720 元、结算凭证（支款通知），永宏市电信局收据各一张（记入办公费）。

15. 12 日，开出转账支票支付计算中心资料费 460 元。费用收据和转账支票存根各一张。

16. 13 日，收回前向本市盛峰工厂销售产品的货款 163 800 元，其中：3 800 元收到现金，其余 160 000 元收到转账支票一张。银行"进账单"一张。

17. 13 日，将销货款现金 3 800 元存入银行。现金交款单一张。

18. 14 日，向本市盛峰工厂销售甲产品 100 件，单价 400 元，乙产品 100 件，单价 300 元，增值税额 11 900 元，货已发出，货款暂欠。增值税专用发票"记账联"、存根联、产成品出库单各一张。

19. 14 日，向鞍庆市吉安工厂购进 A 材料 1 500 kg，单价 92 元，B 材料 1 000 kg，单价 80 元，增值税额 37 060 元，对方代垫运杂费 5 000 元。料已验收入库，货款暂欠。增值税专用发票"发票联"、"抵扣联"、收料单各一张。

20. 15 日，车间一般性消耗领用 A 材料 500 kg，金额 45 600 元。材料出库单一张。

21. 16 日，提现 120 000 元备发工资。现金支票存根一张。

22. 16 日，用现金发放工资 120 000 元。工资结算凭证一张。

23. 17 日，经批准向银行取得流动资金借款 80 000 元。中国工商银行借款借据一张。

24. 17 日，加工车间生产甲产品领用 B 材料 1 100 kg，金额 84 500 元。材料出库单一张。

25. 18 日向本市红星工厂购进 B 材料 1 000 kg，单价 75 元，计价款 75 000 元，增值税额 12 750 元，料已验收入库，货款暂欠。增值税专用发票"发票联"、"抵扣联"、收料单各一张。

26. 20 日，前向本市盛峰工厂销售的货款 81 900 元收到，收到转账支票一张金额 80 000 元，已转存银行，另收到现金 1 900 元。中国建设银行"进账单"一张。

27. 20 日，向大冶市耀华公司销售甲产品 200 件，单价 400 元，乙产品 200 件，单价 300 元，增值税额 23 800 元，货已发出并已办妥委托银行收款手续。另用银行存款支付由我方负担的运杂费 1 200 元。转账支票存根、增值税专用发票"记账联"、产成品出库单、委托银行收款凭证各一张。

28. 21 日，用银行存款支付本季度银行短期借款利息 3 600 元（本季度前 2 个月已预提借款利息 2 600 元）。银行计付贷款利息清单一张。

29. 21 日，向本市盛峰工厂销售甲产品 200 件，单价 400 元，乙产品 200 件，单价 300元，增值税额 23 800 元，货已被提走，货款暂欠。增值税专用发票"记账联"、产成品出库单各一张。

30. 21 日，加工车间领用 A 材料 1 200 kg，金额 110 400 元，B 材料 800 kg，金额 65 600 元。其中：甲、乙产品生产消耗各半。A 材料出库单和 B 材料出库单各一张。

31. 22 日，归还前向鞍庆市吉安工厂采购材料的货款 245 700 元，其中：用银行存款归还 245 000 元，用现金归还 700 元。中国工商银行信汇凭证（回单）、收款收据各一张。

32. 23 日，加工车间领用 A 材料 800 kg，金额 74 200 元，领用 B 材料 1 000 kg，金额 76 400 元。其中：甲、乙产品生产消耗各半。领料单 A 材料、B 材料各一张。

33. 24 日，行政科用银行存款购买办公用品 1 200 元，直接交给各车间、部门使用。银行转账支票存根、永宏市文化用品商店发货票（发票联）各一张。[提示：全部计入管理费用]。

34. 24 日，归还前欠本市红星工厂的材料款 35 100 元，其中：用银行存款归还 35 000元，用现金归还 100 元。收款收据一张，转账支票一张，其中转账支票存根留作编制记账凭证用。

35. 25 日，向鞍庆市吉安工厂采购 A 材料 100 kg，单价 92 元，B 材料 600 kg，单价 75 元，增值税额 9 214 元，对方代垫运杂费 1 400 元。材料已验收入库，货款暂欠。增值税专用发票"发票联"、"抵扣联"，收料单。

36. 25 日，供销科张春宏出差借差旅费付现金 800 元。差旅费借款单一张。

37. 26 日，向大冶市耀华公司销售甲产品 200 件，单价 400 元，乙产品 300 件，单价 300 元，增值税额 28 900 元，货已被提走，收到银行汇票一张，并办妥银行收款手续。增值税专用发票"记账联"、产成品出库单、中国工商银行"进账单"各一张。

38. 27 日，前向大冶市耀华公司销售产品货款 165 000 元收到。委托银行收款凭证一张。

39. 28 日向本市红星工厂采购 A 材料 500 kg，单价 92 元，B 材料 1 000 kg，单价 73元，增值税额 20 230 元，对方垫支市内大宗材料运杂费 3 000 元。材料已验收入库，货款暂欠。增值税专用发票"发票联"、"抵扣联"、材料入库单各一张。

40. 29 日，采购员张春宏出差归来报销差旅费 700 元，余款 100 元交回现金。差旅费报销单一张，曙光工厂收款收据一张。

41. 30 日，分配本月份工资费用，生产工人工资：甲产品 60 000 元，乙产品 40 000元，车间管理人员 10 000 元，厂部管理人员 10 000 元，医务及福利人员 10 000 元。工资费用分配表一张。

42. 30 日，按上述工资总额的 14% 计提应付福利费。应付福利费计提表一张。

43. 31 日，向本市红星工厂采购 A 材料 200 kg，单价 90 元，计价款 18 000 元，增值税额 3 060 元，料已验收入库，货款暂欠。

44. 计提本月份固定资产折旧费 9 000 元，其中：车间 7 000 元，厂部 2 000 元。

45. 31 日，结转"管理费用"账户借方发生额 19 125 元至"本年利润"账户。

5.5.3 要求及注意事项

根据以上资料，按收款凭证、付款凭证、转账凭证（为便于后面汇总转账凭证的编制及明细账的登记，此处要求转账业务编制成一贷一借或一贷多借的转账记账凭证，并列出明细科目）形式分别进行记账凭证的编制。按收款、付款、转账对记账凭证进行分类编号，材料按实际成本进行核算。该企业发出材料计价采用"先进先出法"。

5.5.4 练习用空白记账凭证及记账凭证表

练习用空白记账凭证及记账凭证表（见表 5-1～表 5-10）。

表 5-1 付款凭证

总号	1
分号	付1

贷方科目　　　　　　　　　　　　　年　月　日

摘　要	应借科目		过账	金　额								
	一级科目	二级或明细科目	√	百	十	万	千	百	十	元	角	分
合　计												

财会主管　　　　记账　　　　出纳　　　　复核　　　　制单　　　　领款人签章

表 5-2 付款凭证

总号	1
分号	付2

贷方科目　　　　　　　　　　　　　年　月　日

摘　要	应借科目		过账	金　额								
	一级科目	二级或明细科目	√	百	十	万	千	百	十	元	角	分
合　计												

财会主管　　　　记账　　　　出纳　　　　复核　　　　制单　　　　领款人签章

表 5 - 3　收 款 凭 证

		总号	3
		分号	收 1

借方科目　　　　　　　　　　　　　年　月　日

摘　要	应 借 科 目		过账	金　　额									附件 张
	一级科目	二级或明细科目	√	百	十	万	千	百	十	元	角	分	
合　　计													

财会主管　　　　记账　　　　出纳　　　　复核　　　　制单　　　　领款人签章

表 5 - 4　收 款 凭 证

		总号	4
		分号	收 2

借方科目　　　　　　　　　　　　　年　月　日

摘　要	应 借 科 目		过账	金　　额									附件 张
	一级科目	二级或明细科目	√	百	十	万	千	百	十	元	角	分	
合　　计													

财会主管　　　　记账　　　　出纳　　　　复核　　　　制单　　　　领款人签章

表 5 - 5　转 账 凭 证

		总号	5
		分号	转1$\frac{1}{2}$

年　月　日

摘　要	应 借 科 目		过账	金　　额									附件 张
	一级科目	二级或明细科目	√	百	十	万	千	百	十	元	角	分	
合　　计													

财会主管　　　　记账　　　　复核　　　　制单

表 5-6 转账凭证

总号	5
分号	转1$\frac{1}{2}$

年 月 日

摘 要	应借科目		过账	金 额									附件张
	一级科目	二级或明细科目	√	百	十	万	千	百	十	元	角	分	
合 计													

财会主管　　　　记账　　　　复核　　　　制单

表 5-7 付款凭证

总号	6
分号	付3

贷方科目　　　　　　　　　　年 月 日

摘 要	应借科目		过账	金 额									附件张
	一级科目	二级或明细科目	√	百	十	万	千	百	十	元	角	分	
合 计													

财会主管　　　记账　　　出纳　　　复核　　　制单　　　领款人签章

表 5-8 转账凭证

总号	7
分号	转2

年 月 日

摘 要	应借科目		过账	金 额									附件张
	一级科目	二级或明细科目	√	百	十	万	千	百	十	元	角	分	
合 计													

财会主管　　　　记账　　　　复核　　　　制单

表 5 - 9　转 账 凭 证

总号	8
分号	转 3

年 月 日

摘 要	应借科目		过账	金 额									附件
	一级科目	二级或明细科目	√	百	十	万	千	百	十	元	角	分	张
合　计													

财会主管　　　　　记账　　　　　复核　　　　　制单

表 5 - 10　付 款 凭 证

总号	9
分号	付 4

贷方科目　　　　　　　　　　　　　　　年 月 日

摘 要	应借科目		过账	金 额									附件
	一级科目	二级或明细科目	√	百	十	万	千	百	十	元	角	分	张
合　计													

财会主管　　　记账　　　出纳　　　复核　　　制单　　　领款人签章

　　本资料经济业务（原始凭证）除编制以上 8 笔业务的 10 张记账凭证外，其余填入表 5 - 11 内。

表 5 - 11　记账凭证表

序号	会 计 分 录	序号	会 计 分 录
11		17	
12		18	
13		19	
14		20	
15		21	
16		22	

序号	会 计 分 录	序号	会 计 分 录
23		37	
24		38	
25		39	
26		40	
27		41	
28		42	
29		43	
30		44	
31		45	
32		46	
33		47	
34		48	
35		49	
36		50	

5.6　综合实训　记账凭证填制

5.6.1　资料

青云公司 2011 年 12 月份发生下列各项经济业务（该企业的会计主管：李丁旺，记账人员：张文风，出纳人员：王文婷，复核人员：刘芳草，制单人员：赵广盛）。

5.6.2　要求

根据每题所给资料填列相应收、付款，转账凭证（见表 5-12 至表 5-86）。

1. 1 日，财务科出纳员刘莉开出现金支票一张 1 000 元，从银行提取现金，以备零用。

表 5 - 12　付 款 凭 证　　　　　总字第1号

贷方科目：银行存款　　　　　　2011 年 12 月 1 日　　　　　　银付字1号

摘　要	应借科目		过账	金　额									
	一级科目	二级或明细科目	√	千	百	十	万	千	百	十	元	角	分
提取现金	库存现金						1	0	0	0	0	0	0
合　计						¥	1	0	0	0	0	0	0

会计主管　　　　记账　　　　出纳　　　　复核　　　　制单

附件　张

2. 1 日，供销科王明峰因采购材料去南京，向财务科借现金 5 000 元。

表 5 - 13　付 款 凭 证　　　　　总字第＿号

贷方科目：　　　　　　年　月　日　　　　　　收字＿号

摘　要	贷方科目		√	金　额										
	总账科目	二级或明细科目		亿	千	百	十	万	千	百	十	元	角	分
合　计														

会计主管　　　　记账　　　　出纳　　　　复核　　　　制单

附件　张

3. 收到本市光明工厂前欠的货款 80 000 元，收到转账支票一张并转存银行。

表 5 - 14　收 款 凭 证　　　　　总字第＿号

借方科目：　　　　　　年　月　日　　　　　　收字＿号

摘　要	贷方科目		√	金　额										
	总账科目	二级或明细科目		亿	千	百	十	万	千	百	十	元	角	分
合　计														

会计主管　　　　记账　　　　出纳　　　　复核　　　　制单

附件　张

4. 2日，通过银行收到大冶市耀华公司前欠的货款 12 000 元。

表 5 - 15　收款凭证

总字第__号

借方科目：　　　　　　　　　　　年 月 日　　　　　　　　　　　收字__号

摘　要	贷方科目		√	金　额									
	总 账 科 目	二级或明细科目		亿	千	百	十	万	千	百	十	元	角	分
合　　　计													

会计主管　　　　记账　　　　出纳　　　　复核　　　　制单

附件　张

5. 2日，向本市光明工厂销售甲产品 200 件，单价每件 400 元，乙产品 200 件，单价每件 300 元，计价款 140 000 元，增值税 23 800 元，货已发出，货款暂未收到。

表 5 - 16　转账凭证

总字第__号

借方科目：　　　　　　　　　　　年 月 日　　　　　　　　　　　收字__号

摘　要	总账科目	明细科目	√	借方金额										贷方金额									
				千	百	十	万	千	百	十	元	角	分	千	百	十	万	千	百	十	元	角	分
合　　　计																							

会计主管　　　　记账　　　　复核　　　　制单

附件　张

6. 3日，向本市红星工厂购进 A 材料 200 千克，单价 90 元/千克，B 材料 400 千克，单价 75 元/千克，增值税共计 8 160 元，材料已验收入库，货款开出支票支付。

表 5 - 17　付款凭证

总字第__号

贷方科目：　　　　　　　　　　　年 月 日　　　　　　　　　　　收字__号

摘　要	贷方科目		√	金　额									
	总 账 科 目	二级或明细科目		亿	千	百	十	万	千	百	十	元	角	分
合　　　计													

会计主管　　　　记账　　　　出纳　　　　复核　　　　制单

附件　张

7. 3 日，加工车间生产甲产品领用 A 材料 800 千克，金额 72 000 元，B 材料 1 300 千克，金额 97 500 元。生产乙产品领用 A 材料 500 千克，金额 45 000 元，B 材料 600 千克，金额 45 000 元。

表 5 - 18　转 账 凭 证　　　　　　　　　　总字第 __ 号

借方科目：　　　　　　　　　　　年　月　日　　　　　　　　　收字 __ 号

摘　要	总账科目	明细科目	√	借方金额										贷方金额									
				千	百	十	万	千	百	十	元	角	分	千	百	十	万	千	百	十	元	角	分
合　　计																							

会计主管　　　　　　记账　　　　　　　复核　　　　　　　制单

8. 4 日，厂部用银行存款向永宏文化用品商场购买办公用品 5 978 元。

表 5 - 19　付 款 凭 证　　　　　　　　　　总字第 __ 号

贷方科目：　　　　　　　　　　　年　月　日　　　　　　　　　收字 __ 号

摘　要	贷方科目		√	金　额									
	总账科目	二级或明细科目		亿	千	百	十	万	千	百	十	元	角	分
合　　计													

会计主管　　　　记账　　　　　出纳　　　　　　复核　　　　　　制单

9. 4 日，填写转账支票一张预付明年上半年报刊费 12 500 元。

表 5 - 20　付 款 凭 证　　　　　　　　　　总字第 __ 号

贷方科目：　　　　　　　　　　　年　月　日　　　　　　　　　收字 __ 号

摘　要	贷方科目		√	金　额									
	总账科目	二级或明细科目		亿	千	百	十	万	千	百	十	元	角	分
合　　计													

会计主管　　　　记账　　　　　出纳　　　　　　复核　　　　　　制单

10. 5日，开出信汇凭证一份偿还前欠安庆市吉安工厂的货款82 000元。

表5-21 付款凭证　　　　　总字第__号

贷方科目：　　　　　　　年　月　日　　　　　　　收字__号

摘　要	贷方科目		√	金　额										
	总账科目	二级或明细科目		亿	千	百	十	万	千	百	十	元	角	分
合　计														

会计主管　　　　记账　　　　出纳　　　　复核　　　　制单

附件　张

11. 7日，加工车间生产甲产品领用A材料500千克，金额45 000元；生产乙产品领用B材料600千克，45 000元。

表5-22 转账凭证　　　　　总字第__号

借方科目：　　　　　　　年　月　日　　　　　　　收字__号

摘　要	总账科目	明细科目	√	借方金额									贷方金额								
				千	百	十	万	千	百	十	元	角	分	千	百	十	万	千	百	十	元	角	分
合　计																						

会计主管　　　　记账　　　　复核　　　　制单

附件　张

12. 7日，供销科王明锋出差归来报销差旅费1 530元，扣除原借款另补付王明锋现金30元。

表5-23 转账凭证　　　　　总字第__号

借方科目：　　　　　　　年　月　日　　　　　　　收字__号

摘　要	总账科目	明细科目	√	借方金额									贷方金额								
				千	百	十	万	千	百	十	元	角	分	千	百	十	万	千	百	十	元	角	分
合　计																						

会计主管　　　　记账　　　　复核　　　　制单

附件　张

表 5 - 24　付 款 凭 证　　　　　总字第 __ 号

贷方科目：　　　　　　　　　年　月　日　　　　　　　收字 __ 号

摘　要	贷方科目		√	金　额									
	总账科目	二级或明细科目		亿	千	百	十	万	千	百	十	元	角	分
合　计														

附件　张

会计主管　　　　　记账　　　　　出纳　　　　　复核　　　　　制单

13. 8 日，向大冶市耀华公司销售甲产品 175 件，单价 400 元，乙产品 100 件，单价 300 元，增值税税额共计 17 000 元，货已发出并已办妥委托银行收款手续。另以转账支票一张支付应由本企业负担的大冶货站铁路运杂费 1 600 元。

表 5 - 25　转 账 凭 证　　　　　总字第 __ 号

借方科目：　　　　　　　　　年　月　日　　　　　　　收字 __ 号

摘　要	总账科目	明细科目	√	借方金额										贷方金额									
				千	百	十	万	千	百	十	元	角	分	千	百	十	万	千	百	十	元	角	分
合　计																							

附件　张

会计主管　　　　　记账　　　　　复核　　　　　制单

表 5 - 26　付 款 凭 证　　　　　总字第 __ 号

贷方科目：　　　　　　　　　年　月　日　　　　　　　收字 __ 号

摘　要	贷方科目		√	金　额									
	总账科目	二级或明细科目		亿	千	百	十	万	千	百	十	元	角	分
合　计														

附件　张

会计主管　　　　　记账　　　　　出纳　　　　　复核　　　　　制单

14. 9日，用银行存款支付永宏修缮队对厂部办公楼的修理费31 200元［提示：（借：管理费用31 200元，贷：银行存款31 200元)］。

表 5 - 27 付 款 凭 证　　　　　　　　　总字第＿号

贷方科目：　　　　　　　　　　年　月　日　　　　　　　　　　收字＿号

摘　要	贷方科目		√	金　额										
	总账科目	二级或明细科目		亿	千	百	十	万	千	百	十	元	角	分
合　计														

会计主管　　　　　记账　　　　　出纳　　　　　复核　　　　　制单

附件　张

15. 9日，向安庆市吉安工厂购进A材料2 000千克，单价90元/千克；B材料1 000千克，单价75元/千克，增值税税额共计43 350元，材料已验收入库并同时付款。

表 5 - 28 付 款 凭 证　　　　　　　　　总字第＿号

贷方科目：　　　　　　　　　　年　月　日　　　　　　　　　　收字＿号

摘　要	贷方科目		√	金　额										
	总账科目	二级或明细科目		亿	千	百	十	万	千	百	十	元	角	分
合　计														

会计主管　　　　　记账　　　　　出纳　　　　　复核　　　　　制单

附件　张

16. 10日前向本市光明工厂销售产品的货款40 000元，收到转账支票一张，已送存银行。

表 5 - 29 收 款 凭 证　　　　　　　　　总字第＿号

借方科目：　　　　　　　　　　年　月　日　　　　　　　　　　收字＿号

摘　要	贷方科目		√	金　额										
	总账科目	二级或明细科目		亿	千	百	十	万	千	百	十	元	角	分
合　计														

会计主管　　　　　记账　　　　　出纳　　　　　复核　　　　　制单

附件　张

17. 10 日，用银行存款归还前欠本市红星工厂的材料款 35 000 元。

表 5-30　付 款 凭 证　　　　总字第__号

贷方科目：　　　　　　　　　　年 月 日　　　　　　　　　收字__号

摘　要	贷方科目		√	金　额									
	总账科目	二级或明细科目		亿	千	百	十	万	千	百	十	元	角	分
合　　计													

会计主管　　　　记账　　　　　　出纳　　　　　　复核　　　　　制单

18. 11 日向本市光明工厂销售甲产品 100 件，单价 400 元，乙产品 200 件，单价 300 元，增值税税额 17 000 元，货已被提走，货款收到转账支票一张已送存银行。

表 5-31　收 款 凭 证　　　　总字第__号

借方科目：　　　　　　　　　　年 月 日　　　　　　　　　收字__号

摘　要	贷方科目		√	金　额									
	总账科目	二级或明细科目		亿	千	百	十	万	千	百	十	元	角	分
合　　计													

会计主管　　　　记账　　　　　　出纳　　　　　　复核　　　　　制单

19. 12 日，收到银行转来"委托银行付款结算凭证（支款通知）"已从银行付永宏市电信局电话、电报费 1 720 元。

表 5-32　付 款 凭 证　　　　总字第__号

贷方科目：　　　　　　　　　　年 月 日　　　　　　　　　收字__号

摘　要	贷方科目		√	金　额									
	总账科目	二级或明细科目		亿	千	百	十	万	千	百	十	元	角	分
合　　计													

会计主管　　　　记账　　　　　　出纳　　　　　　复核　　　　　制单

20. 12 日，开出转账支票支付计算中心资料费 2 460 元。

表 5 - 33　付 款 凭 证　　　　　　　　　总字第＿号

贷方科目：　　　　　　　　　　　年　月　日　　　　　　　　　　收字＿号

摘　要	贷方科目		√	金　额										
	总账科目	二级或明细科目		亿	千	百	十	万	千	百	十	元	角	分
合　计														

会计主管　　　　　记账　　　　　出纳　　　　　复核　　　　　制单

附件　张

21. 13 日，收回前向本市光明工厂销售产品的货款 163 800 元，其中，3 800 元收到现金，其余 160 000 元收到转账支票一张。

表 5 - 34　收 款 凭 证　　　　　　　　　总字第＿号

借方科目：　　　　　　　　　　　年　月　日　　　　　　　　　　收字＿号

摘　要	贷方科目		√	金　额										
	总账科目	二级或明细科目		亿	千	百	十	万	千	百	十	元	角	分
合　计														

会计主管　　　　　记账　　　　　出纳　　　　　复核　　　　　制单

附件　张

表 5 - 35　收 款 凭 证　　　　　　　　　总字第＿号

借方科目：　　　　　　　　　　　年　月　日　　　　　　　　　　收字＿号

摘　要	贷方科目		√	金　额										
	总账科目	二级或明细科目		亿	千	百	十	万	千	百	十	元	角	分
合　计														

会计主管　　　　　记账　　　　　出纳　　　　　复核　　　　　制单

附件　张

22. 13 日，将销货款现金 3 800 元存入银行。

表 5 - 36　付 款 凭 证　　　　　总字第＿号

贷方科目：　　　　　　　　　　　年　月　日　　　　　　　　　收字＿号

摘　要	贷方科目		√	金　额										
	总 账 科 目	二级或明细科目		亿	千	百	十	万	千	百	十	元	角	分
合　　计														

会计主管　　　　　　记账　　　　　　出纳　　　　　　复核　　　　　　制单

附件　　张

23. 14 日，向本市光明工厂销售甲产品 100 件，单价 400 元，乙产品 100 件，单价 300 元，增值税税额 11 900 元，货已发出，货款暂欠。

表 5 - 37　转 账 凭 证　　　　　总字第＿号

借方科目：　　　　　　　　　　　年　月　日　　　　　　　　　收字＿号

摘　要	总账科目	明细科目	√	借方金额									贷方金额								
				千	百	十	万	千	百	十	元	角	分	千	百	十	万	千	百	十	元	角	分
合　　计																							

会计主管　　　　　　记账　　　　　　复核　　　　　　制单

附件　　张

24. 14 日，向安庆市吉安工厂购进 A 材料 1 500 千克，单价 90 元/千克，B 材料 1 000 千克，单价 75 元/千克，增值税税额 35 700 元，材料已验收入库，货款暂欠。

表 5 - 38　转 账 凭 证　　　　　总字第＿号

借方科目：　　　　　　　　　　　年　月　日　　　　　　　　　收字＿号

摘　要	总账科目	明细科目	√	借方金额									贷方金额								
				千	百	十	万	千	百	十	元	角	分	千	百	十	万	千	百	十	元	角	分
合　　计																							

会计主管　　　　　　记账　　　　　　复核　　　　　　制单

附件　　张

25. 15日，车间一般性消耗领用A材料500千克，金额45 000元。厂部一般性消耗领用B材料400千克，金额30 000元。

表 5 - 39   转 账 凭 证   总字第__号

借方科目：   年   月   日   收字__号

摘 要	总账科目	明细科目	√	借方金额										贷方金额								
				千	百	十	万	千	百	十	元	角	分	千	百	十	万	千	百	十	元	角	分
合　计																							

附件张

会计主管   记账   复核   制单

26. 16日提现130 800元备发工资。

表 5 - 40   付 款 凭 证   总字第__号

贷方科目：   年   月   日   收字__号

摘 要	贷 方 科 目		√	金 额										
	总 账 科 目	二级或明细科目		亿	千	百	十	万	千	百	十	元	角	分
合　计														

附件张

会计主管   记账   出纳   复核   制单

27. 16日，用现金发放工资130 800元。

表 5 - 41   付 款 凭 证   总字第__号

贷方科目：   年   月   日   收字__号

摘 要	贷 方 科 目		√	金 额										
	总 账 科 目	二级或明细科目		亿	千	百	十	万	千	百	十	元	角	分
合　计														

附件张

会计主管   记账   出纳   复核   制单

28. 17 日，经批准向银行取得流动资金借款 180 000 元。

表 5 - 42　收 款 凭 证　　　　　总字第＿号

借方科目：　　　　　　　　　　　　年　月　日　　　　　　　　收字＿号

摘　要	贷方科目		√	金　额										
	总账科目	二级或明细科目		亿	千	百	十	万	千	百	十	元	角	分
合　　计														

会计主管　　　　　记账　　　　　出纳　　　　　复核　　　　　制单

附件　张

29. 17 日，加工车间生产甲产品领用 B 材料 1 100 千克，金额 82 500 元。

表 5 - 43　转 账 凭 证　　　　　总字第＿号

借方科目：　　　　　　　　　　　　年　月　日　　　　　　　　收字＿号

摘　要	总账科目	明细科目	√	借方金额										贷方金额									
				千	百	十	万	千	百	十	元	角	分	千	百	十	万	千	百	十	元	角	分
合　　计																							

会计主管　　　　　记账　　　　　复核　　　　　制单

附件　张

30. 18 日，向本市红星工厂购进 B 材料 1 000 千克，单价 75 元/千克，计价款 75 000 元，增值税税额 12 750 元，材料已验收入库，货款暂欠。

表 5 - 44　转 账 凭 证　　　　　总字第＿号

借方科目：　　　　　　　　　　　　年　月　日　　　　　　　　收字＿号

摘　要	总账科目	明细科目	√	借方金额										贷方金额									
				千	百	十	万	千	百	十	元	角	分	千	百	十	万	千	百	十	元	角	分
合　　计																							

会计主管　　　　　记账　　　　　复核　　　　　制单

附件　张

31. 20日前向本市光明工厂销售的货款 81 900 元收到，收到转账支票一张，金额 80 000 元，已转存银行，另收到现金 1 900 元。

表 5 - 45　**收 款 凭 证**　　　　　总字第＿号

借方科目：　　　　　　　　年　月　日　　　　　　　收字＿号

摘　要	贷方科目		√	金　额									
	总账科目	二级或明细科目		亿	千	百	十	万	千	百	十	元	角	分
合　计													

会计主管　　　记账　　　　出纳　　　　复核　　　　制单

表 5 - 46　**收 款 凭 证**　　　　　总字第＿号

借方科目：　　　　　　　　年　月　日　　　　　　　收字＿号

摘　要	贷方科目		√	金　额									
	总账科目	二级或明细科目		亿	千	百	十	万	千	百	十	元	角	分
合　计													

会计主管　　　记账　　　　出纳　　　　复核　　　　制单

32. 20日，向大冶市耀华销售甲产品 200 件，单价 400 元，乙产品 200 件，单价 300 元，增值税税额 23 800 元，货已发出并办妥委托银行收款手续。

表 5 - 47　**转 账 凭 证**　　　　　总字第＿号

借方科目：　　　　　　　　年　月　日　　　　　　　收字＿号

摘　要	总账科目	明细科目	√	借方金额										贷方金额									
				千	百	十	万	千	百	十	元	角	分	千	百	十	万	千	百	十	元	角	分
合　计																							

会计主管　　　记账　　　　复核　　　　制单

33. 21 日，用银行存款支付本季度银行短期借款利息 18 600 元（本季度前 2 个月已预提借款利息 12 600 元）。

表 5 - 48　付　款　凭　证　　　　总字第__号

贷方科目：　　　　　　　年　月　日　　　　　　收字__号

摘　要	贷方科目		√	金　额									
	总账科目	二级或明细科目		亿	千	百	十	万	千	百	十	元	角	分
合　计													

会计主管　　　记账　　　出纳　　　复核　　　制单

34. 21 日，向本市光明工厂销售甲产品 1 200 件，单价 400 元，乙产品 200 件，单价 300 元，增值税税额 91 800 元，货已被提走，货款暂欠。

表 5 - 49　转　账　凭　证　　　　总字第__号

借方科目：　　　　　　　年　月　日　　　　　　收字__号

摘　要	总账科目	明细科目	√	借方金额										贷方金额									
				千	百	十	万	千	百	十	元	角	分	千	百	十	万	千	百	十	元	角	分
合　计																							

会计主管　　　记账　　　复核　　　制单

35. 21 日，加工车间领用 A 材料 1 200 千克，金额 108 000 元，B 材料 800 千克，金额 60 000 元。其中，甲、乙产品生产消耗各半。

表 5 - 50　转　账　凭　证　　　　总字第__号

借方科目：　　　　　　　年　月　日　　　　　　收字__号

摘　要	总账科目	明细科目	√	借方金额										贷方金额									
				千	百	十	万	千	百	十	元	角	分	千	百	十	万	千	百	十	元	角	分
合　计																							

会计主管　　　记账　　　复核　　　制单

36. 22日，归还前向安庆市吉安工厂采购材料的货款 215 700 元，其中，用银行存款归还 215 000 元，用现金归还 700 元。

表 5－51　付 款 凭 证　　　　　　　总字第＿号

贷方科目：　　　　　　　　　年　月　日　　　　　　　收字＿号

摘　要	贷方科目		√	金　额										
	总账科目	二级或明细科目		亿	千	百	十	万	千	百	十	元	角	分
合　　计														

会计主管　　　　　记账　　　　　出纳　　　　　复核　　　　　制单

表 5－52　付 款 凭 证　　　　　　　总字第＿号

贷方科目：　　　　　　　　　年　月　日　　　　　　　收字＿号

摘　要	贷方科目		√	金　额										
	总账科目	二级或明细科目		亿	千	百	十	万	千	百	十	元	角	分
合　　计														

会计主管　　　　　记账　　　　　出纳　　　　　复核　　　　　制单

37. 23日，加工车间领用 A 材料 800 千克，金额 72 000 元，领用 B 材料 1 000 千克，金额 75 000 元。其中，甲、乙产品生产消耗各半。

表 5－53　转 账 凭 证　　　　　　　总字第＿号

借方科目：　　　　　　　　　年　月　日　　　　　　　收字＿号

摘　要	总账科目	明细科目	√	借方金额									贷方金额									
				千	百	十	万	千	百	十	元	角	分	千	百	十	万	千	百	十	元	角	分
合　　计																							

会计主管　　　　　记账　　　　　复核　　　　　制单

38. 24 日，用银行存款归还前欠本市红星工厂的材料款 35 100 元。

表 5-54　付 款 凭 证　　　　　　　　　　总字第__号

贷方科目：　　　　　　　　　　　　年 月 日　　　　　　　　　　收字__号

摘　要	贷方科目		√	金　额										
	总账科目	二级或明细科目		亿	千	百	十	万	千	百	十	元	角	分
合　　计														

会计主管　　　　　记账　　　　　出纳　　　　　复核　　　　　制单　　　附件 张

39. 25 日，向安庆市吉安工厂采购 A 材料 100 千克，单价 90 元，B 材料 600 千克，单价 75 元，增值税税额 9 180 元。材料已验收入库，货款暂欠。

表 5-55　转 账 凭 证　　　　　　　　　　总字第__号

借方科目：　　　　　　　　　　　　年 月 日　　　　　　　　　　收字__号

摘　要	总账科目	明细科目	√	借方金额										贷方金额									
				千	百	十	万	千	百	十	元	角	分	千	百	十	万	千	百	十	元	角	分
合　　计																							

会计主管　　　　　记账　　　　　复核　　　　　制单　　　附件 张

40. 25 日，供销科张春宏出差借差旅费付现金 2 800 元。

表 5-56　付 款 凭 证　　　　　　　　　　总字第__号

贷方科目：　　　　　　　　　　　　年 月 日　　　　　　　　　　收字__号

摘　要	贷方科目		√	金　额										
	总账科目	二级或明细科目		亿	千	百	十	万	千	百	十	元	角	分
合　　计														

会计主管　　　　　记账　　　　　出纳　　　　　复核　　　　　制单　　　附件 张

41, 26 日，向大冶市耀华公司销售甲产品 200 件，单价 400 元，乙产品 300 件，单价 300 元，增值税税额 28 900 元，货已被提走，收到对方签发的商业承兑汇票一张，金额 198 900 元。

表 5 - 57 **转 账 凭 证**　　　　总字第＿号

借方科目：　　　　　　　　　　年 月 日　　　　　　　收字＿号

摘　要	总账科目	明细科目	√	借方金额										贷方金额									
				千	百	十	万	千	百	十	元	角	分	千	百	十	万	千	百	十	元	角	分
合　计																							

会计主管　　　　记账　　　　　　复核　　　　　　制单

附件

张

42. 29 日，采购员张春宏出差归来报销差旅费 2 700 元，余款 100 元交回现金。

表 5 - 58 **转 账 凭 证**　　　　总字第＿号

借方科目：　　　　　　　　　　年 月 日　　　　　　　收字＿号

摘　要	总账科目	明细科目	√	借方金额										贷方金额									
				千	百	十	万	千	百	十	元	角	分	千	百	十	万	千	百	十	元	角	分
合　计																							

会计主管　　　　记账　　　　　　复核　　　　　　制单

附件

张

表 5 - 59 **收 款 凭 证**　　　　总字第＿号

借方科目：　　　　　　　　　　年 月 日　　　　　　　收字＿号

摘　要	贷方科目		√	金　额										
	总账科目	二级或明细科目		亿	千	百	十	万	千	百	十	元	角	分
合　计														

会计主管　　　　记账　　　　出纳　　　　　复核　　　　　　制单

附件

张

43. 31 日，以银行存款支付违约金 18 000 元。企业招待所通过银行交来盈余 10 000 元。

表 5 - 60　付 款 凭 证

总字第__号

贷方科目：　　　　　　　　　　　　　年　月　日　　　　　　　　　　　　收字__号

摘　要	贷方科目		√	金　额									
	总账科目	二级或明细科目		亿	千	百	十	万	千	百	十	元	角	分
合　计														

附件　张

会计主管　　　　　记账　　　　　出纳　　　　　复核　　　　　制单

表 5 - 61　收 款 凭 证

总字第__号

借方科目：　　　　　　　　　　　　　年　月　日　　　　　　　　　　　　收字__号

摘　要	贷方科目		√	金　额									
	总账科目	二级或明细科目		亿	千	百	十	万	千	百	十	元	角	分
合　计														

附件　张

会计主管　　　　　记账　　　　　出纳　　　　　复核　　　　　制单

44. 31 日，以现金支付职工困难补助费 2 000 元。

表 5 - 62　付 款 凭 证

总字第__号

贷方科目：　　　　　　　　　　　　　年　月　日　　　　　　　　　　　　收字__号

摘　要	贷方科目		√	金　额									
	总账科目	二级或明细科目		亿	千	百	十	万	千	百	十	元	角	分
合　计														

附件　张

会计主管　　　　　记账　　　　　出纳　　　　　复核　　　　　制单

45. 31 日，向本市红星工厂采购 A 材料 200 千克，单价 90 元，计价款 18 000 元，增值税税额 3 060 元，材料已验收入库并签发一张商业承兑汇票，金额为 21 060 元。

表 5 - 63　转 账 凭 证　　　　总字第__号

借方科目：　　　　　　　　　　年　月　日　　　　　　　　　收字__号

摘　要	总账科目	明细科目	√	借方金额										贷方金额										附件 张
				千	百	十	万	千	百	十	元	角	分	千	百	十	万	千	百	十	元	角	分	
合　计																								

会计主管　　　　　　记账　　　　　　复核　　　　　　制单

46. 31 日，分配本月份工资费用，生产工人工资：甲产品 60 000 元，乙产品 40 000 元，车间管理人员 10 000 元，厂部管理人员 20 800 元。

表 5 - 64　转 账 凭 证　　　　总字第__号

借方科目：　　　　　　　　　　年　月　日　　　　　　　　　收字__号

摘　要	总账科目	明细科目	√	借方金额										贷方金额										附件 张
				千	百	十	万	千	百	十	元	角	分	千	百	十	万	千	百	十	元	角	分	
合　计																								

会计主管　　　　　　记账　　　　　　复核　　　　　　制单

47. 31 日，按上述工资总额的 14% 计提应付福利费。

表 5 - 65　转 账 凭 证　　　　总字第__号

借方科目：　　　　　　　　　　年　月　日　　　　　　　　　收字__号

摘　要	总账科目	明细科目	√	借方金额										贷方金额										附件 张
				千	百	十	万	千	百	十	元	角	分	千	百	十	万	千	百	十	元	角	分	
合　计																								

会计主管　　　　　　记账　　　　　　复核　　　　　　制单

48. 计提本月份固定资产折旧费 19 000 元，其中，车间 13 000 元，厂部 6 000 元。

表 5 - 66　转 账 凭 证　　　总字第__号

借方科目：　　　　　　　　年　月　日　　　　　　　　收字__号

摘　要	总账科目	明细科目	√	借方金额										贷方金额									
				千	百	十	万	千	百	十	元	角	分	千	百	十	万	千	百	十	元	角	分
合　　计																							

会计主管　　　　　　记账　　　　　　复核　　　　　　制单

49. 31 日，归集、分配（以生产工人工资为分配标准）并结转本月发生的制造费用 69 400 元。

表 5 - 67　转 账 凭 证　　　总字第__号

借方科目：　　　　　　　　年　月　日　　　　　　　　收字__号

摘　要	总账科目	明细科目	√	借方金额										贷方金额									
				千	百	十	万	千	百	十	元	角	分	千	百	十	万	千	百	十	元	角	分
合　　计																							

会计主管　　　　　　记账　　　　　　复核　　　　　　制单

50. 31 日，计算并结转完工产品成本。月初甲产品在产品成本项目：直接材料 282 500 元，直接人工 41 600 元，制造费用 31 360 元，甲产品本月全部完工 3 680 件；乙产品月初无在产品且本月无完工产品。

表 5 - 68　转 账 凭 证　　　总字第__号

借方科目：　　　　　　　　年　月　日　　　　　　　　收字__号

摘　要	总账科目	明细科目	√	借方金额										贷方金额									
				千	百	十	万	千	百	十	元	角	分	千	百	十	万	千	百	十	元	角	分
合　　计																							

会计主管　　　　　　记账　　　　　　复核　　　　　　制单

51. 31日，计算并结转已销售甲产品2 175件和乙产品1 300件的销售成本（按照月末一次加权平均法计算）。甲产品月初库存320件，单位生产成本275元/件，乙产品月初库存2 155件，单位生产成本240元/件。

表5-69　转账凭证　　　　　　　　　　总字第＿号

借方科目：　　　　　　　　　　年　月　日　　　　　　　　　收字＿号

摘　要	总账科目	明细科目	√	借方金额	贷方金额
				千 百 十 万 千 百 十 元 角 分	千 百 十 万 千 百 十 元 角 分
合　　计					

会计主管　　　　　记账　　　　　　复核　　　　　制单

52. 按照应纳增值税额102 000（销项税额214 200—进项税额112 200）元的7％和3％计算并结转应纳城建税和教育费附加7 140元和3 060元。

表5-70　转账凭证　　　　　　　　　　总字第＿号

借方科目：　　　　　　　　　　年　月　日　　　　　　　　　收字＿号

摘　要	总账科目	明细科目	√	借方金额	贷方金额
				千 百 十 万 千 百 十 元 角 分	千 百 十 万 千 百 十 元 角 分
合　　计					

会计主管　　　　　记账　　　　　　复核　　　　　制单

53. 31日将12月各收入类账户余额转至"本年利润"账户。其中，主营业务收入1 260 000（甲产品）元，营业外收入10 000元。

表5-71　转账凭证　　　　　　　　　　总字第＿号

借方科目：　　　　　　　　　　年　月　日　　　　　　　　　收字＿号

摘　要	总账科目	明细科目	√	借方金额	贷方金额
				千 百 十 万 千 百 十 元 角 分	千 百 十 万 千 百 十 元 角 分
合　　计					

会计主管　　　　　记账　　　　　　复核　　　　　制单

54. 31 日将 12 月各费用类账户余额转至"本年利润"账户。其中，主营业务成本 960 100 元，营业税金及附加 10 200 元，管理费用 74 100 元，财务费用 6 000 元，销售费用 1 600 元，营业外支出 18 000 元。

表 5-72　转 账 凭 证　　　　总字第__号

借方科目：　　　　　　　　　　　年　月　日　　　　　　　　　　收字__号

摘　要	总账科目	明细科目	√	借方金额									贷方金额								
				千	百	十	万	千	百	十	元	角	分	千	百	十	万	千	百	十	元	角	分
合　　计																							

会计主管　　　　　记账　　　　　　复核　　　　　　制单　　　　　附件　张

表 5-73　转 账 凭 证　　　　总字第__号

借方科目：　　　　　　　　　　　年　月　日　　　　　　　　　　收字__号

摘　要	总账科目	明细科目	√	借方金额									贷方金额								
				千	百	十	万	千	百	十	元	角	分	千	百	十	万	千	百	十	元	角	分
合　　计																							

会计主管　　　　　记账　　　　　　复核　　　　　　制单　　　　　附件　张

55. 31 日，按照利润总额（视为应税所得额，1～11 月份实现会计利润 1 200 000 元，本月实现利润 300 000 元，已计算结转所得税 250 000 元）的 25％计算和结转所得税 1 250 00 元。同时将所得税转至"本年利润"账户。

表 5-74　转 账 凭 证　　　　总字第__号

借方科目：　　　　　　　　　　　年　月　日　　　　　　　　　　收字__号

摘　要	总账科目	明细科目	√	借方金额									贷方金额								
				千	百	十	万	千	百	十	元	角	分	千	百	十	万	千	百	十	元	角	分
合　　计																							

会计主管　　　　　记账　　　　　　复核　　　　　　制单　　　　　附件　张

表 5 - 75　转 账 凭 证　　　　　　　总字第__号

借方科目：　　　　　　　　　　　　年　月　日　　　　　　　　　收字__号

摘　要	总账科目	明细科目	√	借方金额										贷方金额									
				千	百	十	万	千	百	十	元	角	分	千	百	十	万	千	百	十	元	角	分
合　计																							

会计主管　　　　　　记账　　　　　　复核　　　　　　制单

附件　张

56. 31 日，按全年实现净利润 1 125 000 元的 10％提取法定盈余公积（1～11 月份已提取 85 800 元）26 700 元。

表 5 - 76　转 账 凭 证　　　　　　　总字第__号

借方科目：　　　　　　　　　　　　年　月　日　　　　　　　　　收字__号

摘　要	总账科目	明细科目	√	借方金额										贷方金额									
				千	百	十	万	千	百	十	元	角	分	千	百	十	万	千	百	十	元	角	分
合　计																							

会计主管　　　　　　记账　　　　　　复核　　　　　　制单

附件　张

57. 31 日，按照规定向投资者分配利润 850 000 元。

表 5 - 77　转 账 凭 证　　　　　　　总字第__号

借方科目：　　　　　　　　　　　　年　月　日　　　　　　　　　收字__号

摘　要	总账科目	明细科目	√	借方金额										贷方金额									
				千	百	十	万	千	百	十	元	角	分	千	百	十	万	千	百	十	元	角	分
合　计																							

会计主管　　　　　　记账　　　　　　复核　　　　　　制单

附件　张

58. 31 日，将本年实现的净利润转至"本年利润——未分配利润"账户的贷户，将本年已分配的利润转至"利润分配——未分配利润"账户的借方。

表 5 – 78 转 账 凭 证　　　　　　　　　　　总字第__号

借方科目：　　　　　　　　　　　　　年 月 日　　　　　　　　　　收字__号

摘　要	总账科目	明细科目	√	借方金额										贷方金额									
				千	百	十	万	千	百	十	元	角	分	千	百	十	万	千	百	十	元	角	分
合　　计																							

会计主管　　　　　　记账　　　　　　复核　　　　　　制单

附件　张

表 5 – 79 转 账 凭 证　　　　　　　　　　　总字第__号

借方科目：　　　　　　　　　　　　　年 月 日　　　　　　　　　　收字__号

摘　要	总账科目	明细科目	√	借方金额										贷方金额									
				千	百	十	万	千	百	十	元	角	分	千	百	十	万	千	百	十	元	角	分
合　　计																							

会计主管　　　　　　记账　　　　　　复核　　　　　　制单

附件　张

表 5 – 80 收 款 凭 证　　　　　　　　　　　总字第__号

借方科目：　　　　　　　　　　　　　年 月 日　　　　　　　　　　收字__号

摘　要	贷方科目		√	金　额										
	总账科目	二级或明细科目		亿	千	百	十	万	千	百	十	元	角	分
合　　计														

会计主管　　　记账　　　出纳　　　复核　　　　　　制单

附件　张

表 5 - 81 收款凭证 　　　　　总字第__号

借方科目：　　　　　　　　　　　　　年　月　日　　　　　　　　　　收字__号

摘　要	贷方科目		√	金　额										
	总账科目	二级或明细科目		亿	千	百	十	万	千	百	十	元	角	分
合　　计														

会计主管　　　　记账　　　　　出纳　　　　　　复核　　　　　　制单　　　　　　　附件　张

表 5 - 82 收款凭证 　　　　　总字第__号

借方科目：　　　　　　　　　　　　　年　月　日　　　　　　　　　　收字__号

摘　要	贷方科目		√	金　额										
	总账科目	二级或明细科目		亿	千	百	十	万	千	百	十	元	角	分
合　　计														

会计主管　　　　记账　　　　　出纳　　　　　　复核　　　　　　制单　　　　　　　附件　张

表 5 - 83 付款凭证 　　　　　总字第__号

贷方科目：　　　　　　　　　　　　　年　月　日　　　　　　　　　　收字__号

摘　要	贷方科目		√	金　额										
	总账科目	二级或明细科目		亿	千	百	十	万	千	百	十	元	角	分
合　　计														

会计主管　　　　记账　　　　　出纳　　　　　　复核　　　　　　制单　　　　　　　附件　张

表 5 - 84　**付 款 凭 证**　　　　　　　　　　　总字第＿号

贷方科目：　　　　　　　　　　年　月　日　　　　　　　　　　收字＿号

摘　要	贷方科目		√	金　额									
	总账科目	二级或明细科目		亿	千	百	十	万	千	百	十	元	角	分
合　　计													

会计主管　　　　　记账　　　　　出纳　　　　　复核　　　　　制单

附件　　张

表 5 - 85　**转 账 凭 证**　　　　　　　　　　　总字第＿号

借方科目：　　　　　　　　　　年　月　日　　　　　　　　　　收字＿号

摘　要	总账科目	明细科目	√	借方金额										贷方金额									
				千	百	十	万	千	百	十	元	角	分	千	百	十	万	千	百	十	元	角	分
合　　计																							

会计主管　　　　　记账　　　　　复核　　　　　制单

附件　　张

表 5 - 86　**转 账 凭 证**　　　　　　　　　　　总字第＿号

借方科目：　　　　　　　　　　年　月　日　　　　　　　　　　收字＿号

摘　要	总账科目	明细科目	√	借方金额										贷方金额									
				千	百	十	万	千	百	十	元	角	分	千	百	十	万	千	百	十	元	角	分
合　　计																							

会计主管　　　　　记账　　　　　复核　　　　　制单

附件　　张

第6章

会 计 账 簿

6.1 填 空 题

6.1.1 要求

将正确的答案填列在下列各题目的空格中。

6.1.2 题目

1. 账簿是用来_____地和_____地记录和反映各项经济业务的簿籍；按其用途不同可分为_____、_____和_____三种；按其外表格式可分为_____、_____和_____三种。

2. 分类账簿按其反映指标的详细程度可分为_____和_____两种。

3. 联合账簿是指_____和_____结合在一起的账簿。

4. 明细分类账的格式可分为_____、_____和_____三种。

5. 对账的主要内容包括_____、_____和_____三个相符。

6. 错账的更正方法有_____、_____和_____三种。

7. 在每一账页登记完毕需要开设新账页时，应在最后一行的摘要栏内注明并在新账页的第一行的摘要栏内注明_____。

8. 账簿的格式虽多种多样，但各种主要账簿都应具备_____、_____和_____三方面的基本内容。

9. 三栏式明细分类账（或称为_____），一般适用于那些只需要进行_____核算或只需要提供_____的_____结算类账户和_____类账户。

10. 数量金额式明细账（或称为_____），适用于既需要进行_____核算，又需要进行_____核算的各种_____类账户，该明细账可以由会计人员或仓库保管员根据_____序时逐笔登记。

11. 多栏式明细账的格式一般有_____、_____和_____三种，分别适用于_____类账户、_____类账户和物资采购明细账、_____明细账、_____明细账等。

12. 一般情况下，债权债务结算类账户明细账多采用_____式明细账，各种财产物资类账户明细账多采用_____明细账。

13. 从外表形式看，总账、现金日记账、银行存款日记账一般采用_____账簿，"原材料"、"库存商品"等明细账一般采用_____账簿，"固定资产"明细账一般采用_____账簿。

14. 总账与明细账平行登记的要点是_____、_____和_____。

15. 总分类账的登记依据取决于所采用的_____。

16. 红墨水仅限于在账簿中_____、_____和_____时使用。

17. 过账错误的查找方法一般有_____、_____和_____3种。

18. 非过账错误的查找方法一般有_____、_____和_____3种。

19. 会计档案的保管期分为_____和_____两类。

20. 日记账按其记录经济业务内容是否全面与专门可分为_____和_____两种。

21. 账户按经济内容的分类，就是账户按反映_____的具体内容的分类，它是账户分类的_____。

22. 账户按其反映的经济内容进行分类，可分为_____、_____、_____、_____和_____五类。

23. 所有者权益类账户，按照所有者权益形成的情况进行分类，可分为反映所有者_____账户和反映_____账户两类。

24. 损益类账户按其与损益组成内容之关系可分为反映_____和_____两类。

25. 盘存账户是用来核算和监督各项_____和_____增减变动及其实存数额的账户。

26. 如果企业不单独设置"预付账款"账户，则企业预付购货款应计入"应付账款"账户的_____，这时，"应付账款"账户就属于_____结算账户。

27. 债权债务结算账户的借方余额或贷方余额只是表示债权和债务变动后的_____额，并不一定反映企业债权或债务的_____额。

28. 集合分配账户具有明显的_____性质，期末一定_____余额。

29. 待摊费用"和"预提费用"账户虽然性质不同，但在用途和结构上有相同之处，借方都是用来登记费用的_____数，贷方都是用来登记应计入各会计期间的_____数。

30. 计价对比账户是用来对某项经济业务按照两种_____进行计价对比，借以确定其_____的账户。

31. 调整账户按其调整方式的不同，可划分为_____、_____和_____三类。

32. 备抵调整账户包括_____和_____两类，不管哪一类，被调整账户和调整账户的余额方向一定_____。

33. "本年利润"账户按经济内容分类属于_____类账户，按用途和结构分类属于_____类账户。

34. "固定资产"账户的调整账户是_____，"应收账款"账户的调整账户是_____，"本年利润"账户的调整账户是_____。

35. 备抵附加账户的余额与被调整账户的余额方向一致时，它所起的是_____账户的作用，与被调整账户的余额方向不一致时，它所起的是_____账户的作用。

36. "累计折旧"账户按经济内容分类属于_____类账户，按用途和结构分类属于_____类账户。

37. "利润分配"账户按经济内容分类属于_____类账户，按用途和结构分类属于_____类账户。

38. "制造费用"账户按经济内容分类属于_____类账户，按用途和结构分类属于_____类账户。

39. "物资采购"账户按用途和结构进行分类，既属于_____类账户，又属于_____类账户。

40. "生产成本"账户按用途和结构分类属于_____类账户，如果有余额又属于_____类账户。

41. 所谓账户的用途，是指设置和运用_____，即通过账户的记录提供_____。

42. 所谓账户的结构，是指在账户中_____经济业务，以取得所需的_____，即账户借方记什么，贷方记什么，期末_____，并表示什么。

43. 增值税进项税额，是指企业因购买材料或接受劳务而向供应单位连同买价一起支付的_____，即代_____预先_____的增值税额。

6.2 单项选择题

6.2.1 要求

下列各题目中4个备选答案中，只有1个是正确的，请将正确答案的"字母"序号填入每个题目中的括号中。

6.2.2　题目

1. "生产成本"明细账的格式一般采用（　　）

　　A. 三栏式　　　　　B. 数量金额式　　　C. 贷方多栏式　　　D. 借方多栏式

2. 在结账前，如果发现记账凭证上应记账户：名称与借贷方向无误，仅是所记金额不正确，合理的更正方法（　　）

　　A. 一定是红字更正法　　　　　　　B. 一定是补充登记法

　　C. 采用红字更正法或补充登记法　　D. 采用划线更正法

3. "应收账款"明细账一般采用的账页格式是（　　）

　　A. 三栏式　　　　　B. 数量金额式　　　C. 多栏式　　　　　D. 任意一种明细账格式

4. 多栏式银行存款日记账属于（　　）

　　A. 总分类账　　　B. 明细分类账　　　C. 序时账　　　　　D. 备查账

5. 记账凭证中所记金额小于应记金额并已登记入账，在结账前其错误的更正方法是（　　）

　　A. 划线更正法　　　B. 补充登记法　　　C. 红字更正法　　　D. 作废注销法

6. 对于从银行提取现金的经济业务，登记现金日记账的依据一般是（　　）

　　A. 现金收款凭证　　　　　　　　　B. 现金付款凭证

　　C. 银行存款收款凭证　　　　　　　D. 银行存款付款凭证

7. 可用"划线更正法"改正的错账类型是（　　）

　　A. 凭证无误，过账错误且尚未结账　　B. 记账凭证中的科目用错并已入账

　　C. 记账凭证中借贷方向记反并已入账　　D. 记账凭证中金额有误并已入账

8. 适宜采用借方多栏式明细账页进行明细分类核算的账户是（　　）

　　A. 材料　　　　　B. 应收账款　　　　C. 制造费用　　　　D. 固定资产

9. 购货款若用现金支票结算，应记入（　　）

　　A. 转账日记账　　　　　　　　　　B. 现金收入日记账

　　C. 现金支出日记账　　　　　　　　D. 银行存款支出日记账

10. 为了检查账簿记录是否正确，在会计核算中，对账簿的记录在期末要求（　　）

　　A. 只编试算平衡表即可　　　　　　B. 对账即可

　　C. 编制科目汇总表　　　　　　　　D. 既要编试算平衡表，又要对账

11. 下列不属于对账内容的是（　　）

　　A. 账证核对　　　B. 账表核对　　　　C. 账账核对　　　　D. 账实核对

12. 记账员根据记账凭证过账时，将 500 元误记为 5 000 元，更正这种错误应采用（　　）

　　A. 红字更正法　　B. 补充登记法　　　C. 划线更正法　　　D. 平行登记法

13. 某记账员在根据记账凭证登记账簿时，将 2 200 元误记为 220 元，更正时应采用（   ）

    A. 划线更正法　　　　B. 红字更正法　　　　C. 补充登记法　　　　D. 赤字冲销法

14. "委托加工材料登记簿"按账簿用途分类属于（   ）

    A. 联合账簿　　　　　　　　　　　　B. 数量金额式明细账

    C. 备查账簿　　　　　　　　　　　　D. 贷方多栏式明细账

15. 适宜于采用贷方多栏式明细账页进行明细分类核算的账户是（   ）

    A. 营业外收入　　　　B. 主营业务成本　　　　C. 营业外支出　　　　D. 材料成本差异

16. "生产成本"账户按经济内容划分属于（   ）

    A. 跨期摊配账户　　　B. 资产类账户　　　　C. 负债类账户　　　　D. 损益类账户

17. 债权债务结算账户的借方登记（   ）

    A. 债权的增加　　　　　　　　　　　B. 债务的增加

    C. 债权的增加、债务的减少　　　　　D. 债务的增加、债权的减少

18. 结算类账户的期末余额（   ）

    A. 在借方　　　　　　　　　　　　　B. 可能在借方，也可能在贷方

    C. 在贷方　　　　　　　　　　　　　D. 一般在借方，有时也会在贷方

19. 下列账户中属于计价对比账户的是（   ）

    A. "本年利润"账户　　　　　　　　　B. "材料"账户

    C. "物资采购"账户　　　　　　　　　D. "材料成本差异"账户

20. 调整账户当其余额与被调整账户余额在不同方向时，执行的是（   ）账户的功能。

    A. 附加调整　　　　　B. 对比调整　　　　C. 备抵调整　　　　D. 集合分配

21. 下列账户中属于调整账户的是（   ）

    A. 应交税金　　　　　B. 待摊费用　　　　C. 累计折旧　　　　D. 预提费用

22. 用来核算、监督各项货币资金和实物资产增减变动及其实有数额的账户称为（   ）

    A. 盘存账户　　　　　B. 结算账户　　　　C. 所有者投资账户　　　　D. 调整账户

23. "累计折旧"账户按经济内容分类属于（   ）

    A. 反映流动资产的账户　　　　　　　B. 反映非流动资产的账户

    C. 反映流动负债的账户　　　　　　　D. 反映资金来源的账户

24. "盈余公积"账户按反映的经济内容分类属于（   ）

    A. 反映所有者原始投资的账户　　　　B. 反映企业经营积累的账户

    C. 反映所有者全部投资的账户　　　　D. 反映企业利润分配的账户

25. 财务成果计算账户的贷方余额表示（　　　）
　　　A. 利润总额　　　　　B. 亏损总额　　　　　C. 收益额　　　　　D. 费用额

26. 下列账户按用途和结构分类不属于费用类的账户是（　　　）
　　　A. "制造费用"　　　B. "营业外支出"　　　C. "主营业务成本"　　D. "所得税"

27. "费用类"账户按用途和结构分类属于（　　　）
　　　A. 集合分配类账户　B. 跨期摊配类账户　C. 结算类账户　　　　D. 费用类账户

28. 下列账户按用途和结构分类属于资产结算类的账户是（　　　）
　　　A. "应收账款"　　　B. "应付账款"　　　C. "预收账款"　　　D. "银行存款"

29. 调整账户分为备抵调整账户、附加调整账户和备抵附加调整账户的依据是（　　　）
　　　A. 调整结果　　　　B. 调整方式　　　　C. 调整结构　　　　D. 调整用途

30. 下列不属于对账内容的是（　　　）
　　　A. 账证核对　　　　B. 账表核对　　　　C. 账账核对　　　　D. 账实核对

6.3　多项选择题

6.3.1　要求

下列各题目中5个备选答案中，有两个以上是正确的，请将正确答案的"字母"序号填入每个题目中的括号中。

6.3.2　题目

1. 账簿按其用途可分为（　　　）
　　　A. 多栏式账簿　　　　　　　B. 日记账簿　　　　　　　C. 分类账簿
　　　D. 订本账簿　　　　　　　　E. 备查账簿

2. 下列总分类账户所属的明细分类账中，采用多栏式账页格式的有（　　　）
　　　A. 原材料　　　　　　　　　B. 物资采购　　　　　　　C. 生产成本
　　　D. 主营业务收入　　　　　　E. 营业外收入

3. 下列总分类账户所属的明细分类账采用借方多栏式账页格式的有（　　　）
　　　A. 原材料　　　　　　　　　B. 生产成本　　　　　　　C. 制造费用
　　　D. 营业外支出　　　　　　　E. 主营业务收入

4. 在会计核算工作中，可作为总分类账簿登记依据的是（　　　）
　　　A. 记账凭证　　　　　　　　B. 汇总记账凭证　　　　　C. 明细分类账
　　　D. 科目汇总表　　　　　　　E. 多栏式现金日记账

5. 银行存款日记账的登记依据可能有（　　）

    A. 原始凭证　　　　　　　B. 银行存款收款凭证　　　　C. 现金付款凭证

    D. 银行存款付款凭证　　　E. 转账凭证

6. 现金日记账的登记依据可能有（　　）

    A. 现金收款凭证　　　　　B. 现金付款凭证　　　　　　　C. 汇总现金收款凭证

    D. 转账凭证　　　　　　　E. 银行存款付款凭证

7. 明细分类账的登记依据有（　　）

    A. 原始凭证　　　　　　　B. 记账凭证　　　　　　　　　C. 原始凭证汇总表

    D. 汇总记账凭证　　　　　E. 记账凭证汇总表

8. 应用红字更正法进行错账更正的错账类型有（　　）

    A. 记账凭证无误，过账发生笔误

    B. 记账凭证中会计科目用错并已过账

    C. 记账凭证中会计科目用错但并未过账

    D. 记账凭证中所记金额小于应记金额并已过账

    E. 记账凭证中所记金额大于应记金额并已过账

9. 用红色墨水登记账簿时，适用于下列情况中的（　　）

    A. 按照红字冲账的记账凭证，冲销错误记录

    B. 在不设置借方（或贷方）栏的多栏式账页中，登记减少或转销金额

    C. 在期末结账时，划结账标志线

    D. 三栏式账户的余额栏前，如未注明余额方向，在余额栏内登记负数余额

    E. 采用划线更正法改正错误时的划线

10. 总分类账的格式有（　　）

    A. 三栏式　　　　　　　　B. 多栏式　　　　　　　　　　C. 数量金额式

    D. 借方多栏式　　　　　　E. 贷方多栏式

11. 下列总分类账户所属的明细账采用借、贷方多栏式账页格式的有（　　）

    A. 物资采购　　　　　　　B. 材料成本差异　　　　　　　C. 生产成本

    D. 应交税金—应交增值税　E. 应付账款

12. 所谓账户的用途是指通过账户记录，能够看出（　　）

    A. 提供什么核算指标　　　B. 怎样记录经济业务　　　　　C. 开设和运用账户的目的

    D. 借、贷方登记的内容　　E. 期末余额的方向及表示什么内容

13. 所谓账户的结构，是指（　　）

    A. 借方和贷方核算的内容　B. 在账户中如何记录经济业务

    C. 余额所表示的内容　　　D. 开设和运用账户的目的

    E. 期末有无余额及余额的方向

14. 下列账户中属于资产类账户的是（　　　）

　　A. "现金"　　　　　　　　B. "管理费用"　　　　　　C. "短期投资"

　　D. "短期借款"　　　　　　E. "应付账款"

15. 债权债务结算类账户的贷方发生额可能表示（　　　）

　　A. 债权增加额　　　　　　B. 债务增加额　　　　　　C. 债权减少额

　　D. 债务减少额　　　　　　E. 债务增加额与债权减少额的合计金额

16. 下列账户属于反映留存收益形成的权益账户是（　　　）

　　A. 本年利润　　　　　　　B. 实收资本　　　　　　　C. 资本公积

　　D. 盈余公积　　　　　　　E. 利润分配

17. 账户按用途和结构进行分类，下列账户中属于费用类账户的有（　　　）

　　A. 生产成本　　　　　　　B. 制造费用　　　　　　　C. 管理费用

　　D. 营业费用　　　　　　　E. 主营业务税金及附加

18. 账户按用途和结构进行分类，下列账户中属于收入类账户的有（　　　）

　　A. 本年利润　　　　　　　B. 主营业务收入　　　　　C. 营业外收入

　　D. 投资收益　　　　　　　E. 利润分配

19. 账户按用途和结构进行分类，下列账户中属于盘存类账户的有（　　　）

　　A. 现金　　　　　　　　　B. 库存商品　　　　　　　C. 固定资产

　　D. 物资采购　　　　　　　E. 原材料

20. 账户按用途和结构进行分类，下列账户中不属于结算类账户的有（　　　）

　　A. 应付账款　　　　　　　B. 银行存款　　　　　　　C. 短期借款

　　D. 坏账准备　　　　　　　E. 应收账款

21. 账户按用途和结构进行分类，下列账户中属于成本计算类账户的有（　　　）

　　A. 营业费用　　　　　　　B. 在建工程　　　　　　　C. 物资采购

　　D. 生产成本　　　　　　　E. 主营业务成本

22. 总分类账户的格式有（　　　）

　　A. 三栏式　　　　　　　　B. 多栏式　　　　　　　　C. 数量金额式

　　D. 借方多栏式　　　　　　E. 贷方多栏式

23. 账户按用途和结构进行分类，下列账户中属于负债结算类账户的有（　　　）

　　A. 应付账款　　　　　　　B. 应交税金　　　　　　　C. 应收账款

　　D. 短期借款　　　　　　　E. 短期投资

24. 下列账户按用途和结构进行分类，属于所有者投资形成的权益账户的有（　　　）

　　A. 本年利润　　　　　　　B. 实收资本　　　　　　　C. 资本公积

　　D. 盈余公积　　　　　　　E. 利润分配

25. "物资采购"账户按用途和结构分类属于（　　　）

A. 资产类账户　　　　　　B. 成本计算类账户　　　　　C. 计价对比类账户

D. 集合分配类账户　　　　E. 调整类账户

26. "生产成本"账户按用途和结构分类属于（　　　）

A. 资产类账户　　　　　　　B. 盘存类账户　　　　　　　C. 成本计算类账户

D. 计价对比类账户　　　　　E. 调整类账户

6.4　判　断　题

6.4.1　要求

判断下列命题是否正确，在每一个命题后面的括号内作出选择，你认为是正确的画"√"；你认为是错误的画"×"。

6.4.2　题目

1. 一旦将会计科目填入某个账页后，该账页就成为记录该会计科目所规定的核算内容的账户。　　　　　　　　　　　　　　　　　　　　　　　　　　　　　（　　　）

2. 按会计账簿的用途不同，可分为日记账和分类账。　　　　　　　　　　（　　　）

3. 多栏式明细账一般适用于资产类账户。　　　　　　　　　　　　　　　（　　　）

4. 分类账簿是账户的系统组合，其分解开来就是一个个账户。　　　　　（　　　）

5. 现金日记账必须采用订本式账簿。　　　　　　　　　　　　　　　　　（　　　）

6. 多栏式特种日记账比三栏式特种日记账更有利于加强内部控制和监督。（　　　）

7. 登记账簿必须使用蓝色或黑色墨水钢笔书写，在特殊情况下才可使用红色墨水钢笔书写。　　　　　　　　　　　　　　　　　　　　　　　　　　　　　　　（　　　）

8. 记账以后，发现所记金额小于应记金额，但记账凭证正确，应采用红字更正法进行更正。　　　　　　　　　　　　　　　　　　　　　　　　　　　　　　　　（　　　）

9. 登记账簿时，若发生跳行、漏页，应将空行、空页处用红色墨水钢笔划对角线注销，注明"此行空白"或"此页空白"字样。　　　　　　　　　　　　　　　　　（　　　）

10. 记账以前发现记账凭证中应借、应贷的会计科目正确，而所记金额小于应记金额，应采用补充登记法。　　　　　　　　　　　　　　　　　　　　　　　　　（　　　）

11. 由于记账凭证错误而造成的账簿记录错误，应采用划线更正法进行更正。（　　　）

12. 在会计核算中，一般应通过财产清查进行账实核对。　　　　　　　　（　　　）

13. 账户的结构是指账户的借方核算哪些经济内容，贷方核算哪些经济内容，以及期末

余额所在的方向。　　　　　　　　　　　　　　　　　　　　　　　　　　　（　　　）

14. 按用途和结构分类，"物资采购"账户应属于资产结算账户。　　　　（　　　）

15. 盘存账户的特点是所有的账户均应进行总分类核算和明细分类核算，以提供实物数量和金额两种指标。　　　　　　　　　　　　　　　　　　　　　　（　　　）

16. 按经济内容分类，"本年利润"账户应属于所有者权益类。　　　　（　　　）

17. 归入债权债务结算账户的账户具有不确定性，其明细分类账户倘若是借方余额的，表示未收回的债权；倘若是贷方余额的，则表示尚未支付的债务。　　（　　　）

18. 按用途和结构分类，"累计折旧"账户应属于附加调整账户。　　　（　　　）

19. "生产成本"账户按用途和结构分类，应属于盘存账户或成本计算账户。（　　　）

20. 按调整账户的性质不同，备抵账户又可分为资产备抵账户和权益备抵账户两类。

　　　　　　　　　　　　　　　　　　　　　　　　　　　　　　　　　（　　　）

21. 按经济内容分类，"应付账款"账户属于负债类，但在出现借方余额时，也可以属于资产类。　　　　　　　　　　　　　　　　　　　　　　　　　　　（　　　）

22. 调整账户与抵减账户的期末余额的方向是相反的。　　　　　　　（　　　）

23. 属于所有者权益的所有账户，按用途和结构分类都属于资本账户。（　　　）

24. 集合分配账户的特点是：平时归集的费用，在期末全部予以分配出去，具有过渡的性质。　　　　　　　　　　　　　　　　　　　　　　　　　　　　（　　　）

25. 归属于按用途和结构分类的财务成果计算账户，与归属于按会计要素分类的收入类账户和费用类账户是一致的。　　　　　　　　　　　　　　　　　　（　　　）

26. 归属与财务成果的账户有"本年利润"账户和"利润分配"账户。　（　　　）

6.5　专项实训一　出纳登账业务

6.5.1　资料

根据第 4 章 4.6 综合实训题资料，民发公司 2010 年 12 月份发生的有关库存现金和银行存款的收付业务所填制的收款凭证和付款凭证。"库存现金"账户的期初余额为 16 400 元，"银行存款"账户的期初余额为 925 000 元。

6.5.2　要求

1. 根据收款凭证和付款凭证登记三栏式"库存现金日记账"、"银行存款日记账"（如表 6-1、表 6-2 所示）。

表6-1 库 存 现 金

年		凭证号数	摘要	√	十	万	千	百	十	元	角	分	十	万	千	百	十	元	角	分	借或贷	十	万	千	百	十	元	角	分
月	日																												

表6-2 银 行 存 款

年		凭证号数	摘要	√	十	万	千	百	十	元	角	分	十	万	千	百	十	元	角	分	借或贷	十	万	千	百	十	元	角	分
月	日																												

2. 根据收款凭证和付款凭证登记多栏式"银行存款收入日记账"、"银行存款支出日记账"(见表6-3和表6-4)。

表 6 - 3　银行存款收入日记账（多栏式）

2010 年		凭证字号	摘要	贷　方　科　目								现金收入合计	现金支出合计	余额
月	日			应收账款	主营业务收入	应交税费	库存现金	短期借款	预提费用	财务费用	营业外收入			

表 6 - 4　银行存款支出日记账（多栏式）

2010 年		凭证字号	摘要	借　方　科　目									现金支出合计
月	日			库存现金	原材料	应交税费	管理费用	待摊费用	应付账款	销售费用	预提费用	营业外支出	

6.6 专项实训二 总账登记

6.6.1 资料

根据第 5 章 5.6 综合实训题青云公司 2010 年 12 月份发生的有关"应收账款"、"应付账款"和"主营业务收入"的经济业务所填制的记账凭证。"应收账款"账户期初余额 1 234 000 元,其中,文达工厂 800 000 元、格非公司 434 000 元;"应付账款"账户期初余额 444 900 元,其中,雷萨公司 244 900 元、个润工厂 200 000 元。

6.6.2 要求

根据以上资料设置并登记"应收账款"、"应付账款"和"主营业务收入"明细账(见表 6-5、表 6-6、表 6-7、表 6-8、表 6-9 和表 6-10)。

6.7 专项实训三 登记材料明细账

6.7.1 资料

根据第 5 章 5.6 综合实训题,青云公司 2010 年 12 月份发生的有关原材料收发的经济业务(原始凭证)和所填制的记账凭证。"原材料"账户期初余额 855 975 元,其中 A 材料 5 000 千克,单价 90 元/千克,计 450 000 元;B 材料 5 413 千克,单价 75 元/千克,计 405 975 元。

6.7.2 要求

根据以上资料登记"原材料"明细账(见表 6-11 和表 6-12)。

6.8 专项实训四 登记费用类明细账

6.8.1 资料

根据第 5 章 5.6 综合实训题,青云公司 2010 年 12 月份发生的有关生产成本、制造费用和管理费用的经济业务(原始凭证)和所填制的记账凭证。"生产成本——甲产品"账户的期初余额 355 460 元(直接材料 282 500 元,直接人工 41 600 元,制造费用 31 360 元)。

表 6 - 5　应收账款

级科目编号及名称＿＿＿＿＿

年		凭证		摘要	对方科目	日页	借方金额										贷方金额										借或贷	余额									
月	日	种类	号数				百	十	万	千	百	十	元	角	分	√	百	十	万	千	百	十	元	角	分	√	借或贷	百	十	万	千	百	十	元	角	分	√

表 6 - 6　应收账款

_____级科目编号及名称_____

年		凭证		摘要	对方科目	借方金额										贷方金额										借或贷	余额									
月	日	种类	号数		页	百	十	万	千	百	十	元	角	分	√	百	十	万	千	百	十	元	角	分	√	√	百	十	万	千	百	十	元	角	分	√

表 6-7　应 付 账 款

级科目编号及名称 _____

年		凭证		摘要	对方科目	借方金额										贷方金额										借或贷	余额									
月	日	种类	号数			百	十	万	千	百	十	元	角	分	√	百	十	万	千	百	十	元	角	分	√		百	十	万	千	百	十	元	角	分	√

表 6-8 应付账款

级科目编号及名称 _____

年		凭证		摘要	对方科目	日页	借方金额									√	贷方金额									√	借或贷	√	余额									√
月	日	种类	号数				百	十	万	千	百	十	元	角	分		百	十	万	千	百	十	元	角	分				百	十	万	千	百	十	元	角	分	

表 6 - 9　主营业务收入

级科目编号及名称

年		凭证		摘要	对方科目	借方金额									借或贷	贷方金额									余 额								
月	日	种类	号数			百	十	万	千	百	十	元	角	分 √		百	十	万	千	百	十	元	角	分 √	百	十	万	千	百	十	元	角	分 √

表 6 - 10　主营业务收入

___级科目编号及名称_____

年		凭证		摘要	对方科目	借方金额									贷方金额									借或贷	余　额								
月	日	种类	号数		日页	百	十	万	千	百	十	元	角	分 √	百	十	万	千	百	十	元	角	分 √	借 或 贷 √	百	十	万	千	百	十	元	角	分 √

表 6 - 11　原 材 料

存储地点＿＿＿＿　最高存量＿＿＿＿　最低存量＿＿＿＿　计量单位＿＿＿＿

编号＿＿＿　页次＿＿＿　总页＿＿＿

货名＿＿＿　规格＿＿＿　类别＿＿＿

年		凭证		摘要	收入（借方）		借方金额								发出（贷方）		贷方金额								结存		余额							
月	日	种类	号数		数量	单价	十	万	千	百	十	元	角	分	数量	单价	十	万	千	百	十	元	角	分	数量	单价	十	万	千	百	十	元	角	分

表 6－12　原 材 料

存储地点　　　　　最高存量　　　　　最低存量　　　　　计量单位　　　　　编号　　　　　页次　　　　　总页

货名　　　　　规格　　　　　类别

凭证			摘要	收入（借方）			发出（贷方）			结存		
年 月 日	种类	号数		数量	单价	借方金额 百 十 万 千 百 十 元 角 分	数量	单价	贷方金额 百 十 万 千 百 十 元 角 分	数量	单价	余额 百 十 万 千 百 十 元 角 分

6.8.2　要求

根据以上资料登记"生产成本"、"制造费用"和"管理费用"明细账（见表 6-13、表 6-14、表 6-15 和表 6-16）。

6.9　综合实训一　账簿登记

6.9.1　资料

1. 根据第 5 章 5.6 综合实训题，青云公司 2010 年 12 月份发生的有关"应收账款"和"应付账款"的经济业务所填制的记账凭证。

2. 根据第 6 章 6.6 专项实训二，三栏式明细账所登记的"应收账款"（见表 6-6 和表 6-7）、"应付账款"（见表 6-5 和表 6-9）三栏式明细账。

6.9.2　要求

1. 根据资料 1 设置和登记"应收账款"、"应付账款"三栏式总账（见表 6-17 和表 6-18）。

2. 按规定进行账簿结账。期末计算各账户的本期发生额和余额，年末结束本期账簿记录。

3. 根据以上资料编制"应收账款"、"应付账款"的明细账户本期发生额及余额明细表（见表 6-19 和表 6-20）。

6.10　综合实训二　错账的查找与更正

6.10.1　资料

1. 深达工厂 2011 年 10 月发生的部分经济业务（代替原始凭证）如下。

（1）1 日用现金归还前欠永祥公司的货款 870 元。

（2）3 日向海河工厂售产品计价款 5 000 元，税款 850 元，货已发出，货款收存银行。

（3）6 日通过银行收回新华工厂前欠的货款 9 800 元。

（4）9 日通过银行支付前欠湘江机械厂的货款 5 600 元。

（5）12 日向新星工厂销售产品计价款 6 700 元，税款 1 139 元，货已发出，货款尚未收到。

（6）14 日通过银行收回华宇公司前欠的货款 3 800 元。

（7）16 日向福盛公司（增值税小规模纳税人）销售产品开出普通发票，收到货款现金 2 340 元。

表 6 – 13　生产成本明细分类账

生产车间＿＿＿＿＿
产品名称＿＿＿＿＿甲产品

投产日期＿＿＿＿＿　完工日期＿＿＿＿＿
产品规格＿＿＿＿＿　数量＿＿＿＿＿
完成产量＿＿＿＿＿

年		凭证号数	摘要	借方发生额	成本项目			
月	日			千百十万千百十元角分	直接材料 千百十万千百十元角分	直接工资 千百十万千百十元角分	燃料动力 千百十万千百十元角分	制造费用 千百十万千百十元角分

表 6 – 14　生产成本明细分类账

投产日期＿＿＿＿＿　完工日期＿＿＿＿＿　生产车间＿＿＿＿＿
完成产量＿＿＿＿＿　数量＿＿＿＿＿　产品名称＿＿乙产品＿＿
　　　　　　　　　　产品规格＿＿＿＿＿　　　　　　乙产品

年		凭证号数	摘要	借方发生额 成本项目			
月	日			直接材料 千百十万千百十元角分	直接工资 千百十万千百十元角分	燃料动力 千百十万千百十元角分	制造费用 千百十万千百十元角分

表 6 - 15　制造费用明细账

2010年		凭证字号	摘　要	借　方							贷方	余额
月	日									合计		

表 6 - 16　管理费用明细账

2010年		凭证字号	摘要	借　方								贷方	余额
月	日			办公费	报刊费	差旅费	工资福利	折旧费	水电费	其他	合计		

表 6 - 17 应收账款（总分类账）

年		凭证号数	摘要	√	借方										贷方										借或贷	余额									
月	日				千	百	十	万	千	百	十	元	角	分	千	百	十	万	千	百	十	元	角	分		千	百	十	万	千	百	十	元	角	分

表 6 - 18　应付账款（总分类账）

年		凭证号数	摘要	√	借方									贷方									借或贷	余额								
月	日				千	百	十	万	千	百	十	元	角	分	千	百	十	万	千	百	十	元	角	分		千	百	十	万	千	百	十	元	角	分

表 6 - 19　应收账款明细账户本期发生额及余额明细表

2010 年 12 月 31 日

购货单位名称（明细账户）	期初余额		本期发生额		期末余额	
	借方	贷方	借方	贷方	借方	贷方
合　计						

表 6 - 20　应付账款明细账户本期发生额及余额明细表

2010 年 12 月 31 日

购货单位名称（明细账户）	期初余额		本期发生额		期末余额	
	借方	贷方	借方	贷方	借方	贷方
合　计						

(8) 19 日向海河工厂销售产品计价款 4 500 元，税款 765 元，货已发出，货款尚未收到。

(9) 21 日将销货款现金 2 340 元送存银行。

(10) 24 日通过银行支付前欠金华工厂的货款 2 870 元。

(11) 27 日通过银行收回新星工厂前欠的货款 7 839 元。

(12) 30 日通过银行支付前欠光明工厂的货款 5 240 元。

2. 深达工厂 2011 年 10 月发生的部分经济业务所填的记账凭证（以会计分录代替），如表 6-21 所示。

表 6-21　会计分录用纸（代记账凭证）

| 序号 | 2011年 | | 凭证 | | 摘　要 | 会计账户 | 金额 | |
	月	日	字	号			借方	贷方
1	10	1	现付	1	归还前欠永祥公司的货款	应付账款	780	
						库存现金		780
2	10	3	银收	1	向海河工厂售产品	银行存款	5 850	
						主营业务收入		5 000
						应交税费		850
3	10	6	银收	2	收回新华工厂前欠的货款	银行存款	980	
						应收账款		980
4	10	9	银付	1	支付前欠湘江机械厂的货款	银行存款	3 800	
						应付账款		3 800
5	10	12	转	1	新星工厂销售产品货款尚未收到	应收账款	7 839	
						主营业务收入		7 839
6	10	14	银收	3	收回华宇公司前欠的货款	银行存款	3 800	
						应收账款		3 800
7	10	16	现收	1	向小规模纳税人福盛公司售产品	库存现金	2 340	
						主营业务收入		2 340
8	10	19	转	2	向海河工厂售产品货款尚未收到	应收账款	5 265	
						主营业务收入		4 500
						应交税费		765
9	10	21	现付	2	将销货款现金送存银行	银行存款	3 240	
						库存现金		3 240
10	10	24	银付	2	支付前欠金华工厂的货款	银行存款	8 793	
						应付账款		8 793
11	10	27	银收	4	收回新星工厂前欠的货款	银行存款	8 793	
						应收账款		8 793
12	10	30	银付	3	支付前欠光明工厂的货款	应付账款	2 540	
						银行存款		2 540

3. 深达工厂 2011 年 10 月发生的部分经济业务根据所填记账凭证对总分类账簿的登记如表 6-22、表 6-23、表 6-24、表 6-25、表 6-26 和表 6-27 所示。

表 6 - 22 　主营业务收入

月	日	凭证号数	摘要	√	十	万	千	百	十	元	角	分	十	万	千	百	十	元	角	分	借或贷	十	万	千	百	十	元	角	分
10	3	银收1	向海河工厂销售产品												5	0	0	0	0	0									
	12	转1	向新星工厂销售产品												7	9	3	8	0	0									
	16	现收1	向福盛公司销售产品												2	3	4	0	0	0									
	19	转2	向海河工厂销售产品												4	5	0	0	0	0									

表 6 - 23 　应 收 账 款

月	日	凭证号数	摘要	√	十	万	千	百	十	元	角	分	十	万	千	百	十	元	角	分	借或贷	十	万	千	百	十	元	角	分
10	1		期初余额																		借			8	7	0	0	0	0
	6	银收2	收新华工厂前欠货款												9	8	0	0	0	0									
	12	转1	向新星工厂销售产品				7	9	3	8	0	0																	
	14	银收3	收华宇公司前欠货款												8	0	3	0	0	0									
	19	转2	向海河工厂销售产品				5	2	6	5	0	0																	
	27	银收4	收新星工厂前欠货款												8	7	9	3	0	0									

表 6 - 24　应 付 账 款

2011年 月	日	凭证号数	摘要	√	借方 十万	万	千	百	十	元	角	分	贷方 十万	万	千	百	十	元	角	分	借或贷	余额 十万	万	千	百	十	元	角	分
10	1		期初余额																		贷		2	6	9	0	0	0	0
	1	现付1	偿还永祥公司货款					7	8	0	0	0																	
	9	银付1	偿还湘江机械厂货款				6	5	0	0	0	0																	
	24	银付2	偿还金华工厂货款				8	7	2	0	0	0																	
	30	银付3	偿还光明工厂货款				2	5	4	0	0	0																	

表 6 - 25　库 存 现 金

2011年 月	日	凭证号数	摘要	√	借方 十万	万	千	百	十	元	角	分	贷方 十万	万	千	百	十	元	角	分	借或贷	余额 十万	万	千	百	十	元	角	分
10	1		期初余额																		借			3	1	0	0	0	0
	1	现付1	偿还前欠永祥公司货款													7	8	0	0	0									
	16	现收1	向福盛公司销售产品				2	3	4	0	0	0																	
	21	现收2	将销售款现金存银行													3	2	4	0	0	0									

表 6-26 应交税费

月	日	凭证号数	摘要	√	借方十	万	千	百	十	元	角	分	贷方十	万	千	百	十	元	角	分	借或贷	余额十	万	千	百	十	元	角	分
10	1		期初余额																		贷			1	2	0	0	0	0
	1	银付1	向海河工厂销售产品												5	8	0	0	0	0									
	19	转2	向海河工厂销售产品											7	6	5	0	0	0	0									

表 6-27 银行存款

月	日	凭证号数	摘要	√	借方十	万	千	百	十	元	角	分	贷方十	万	千	百	十	元	角	分	借或贷	余额十	万	千	百	十	元	角	分
10	1		期初余额																		借			9	3	0	0	0	0
	1	银收1	向海河工厂销售产品			5	5	8	0	0	0	0																	
	3	银收2	收新华工厂欠货款				9	8	0	0	0	0																	
	9	银付1	偿还湘江工厂货款													6	5	0	0	0	0									
	14	银收3	收华宇公司欠货款				8	3	0	0	0	0																	
	21	现付2	将销货款现金存银行				3	2	4	0	0	0																	
	24	银付2	还欠金华公司货款													8	2	7	0	0	0									
	27	银收4	收新星工厂欠货款				8	7	9	3	0	0																	
	30	银付3	还欠光明工厂货款														2	5	4	0	0									

6.10.2 要求

1. 按规定办理账簿月结手续，并进行核对，如有差错，按正确的方法进行更正。

2. 将记账凭证和经济业务与所登账簿进行核对，找出记账凭证和所登账簿中的差错。

3. 对于账目核对中发现的差错，应视不同的错误采用不同的更正方法，用文字说明每题的改错方法，错误处用正确的方法予以改正（将更正会计分录填入表 6-28），并根据更正后的会计分录登账。

表 6-28　更正记账凭证用纸

序号	2010 年		凭证字号	摘　要	会计账户	金额		借账更正方法
	月	日				借方	贷方	

第7章
成本归集及利润的形成

7.1 填空题

7.1.1 要求

将正确的答案填列在下列各题目的空格中。

7.1.2 题目

1. 制造业的生产经营主要经历_____、_____和_____三个过程。

2. 企业筹集资金的渠道主要有_____和_____两种方式。

3. 材料的实际采购成本，一般由_____和_____两种方式。

4. 成本计算的基本程序可归纳为确定_____、确定_____、确定_____。按权责发生制，划清费用的_____，按成本分配的受益原则，划清费用的_____，最后按成本计算对象开设并登记_____编制成本计算单。

5. 生产过程中在车间范围内发生的间接生产费用，应先归集在_____账户中，然后再分配计入各种_____的成本中去。

6. 成本计算对象是指成本_____的对象，其确定要适应_____的特点和_____的要求。

7. 产品成本项目就是_____费用按其_____的分类。

8. 制造业企业的成本计算一般设立_____、_____和_____三个成本项目，并按成本项目设立_____，用来归集应计入产品成本的生产费用。

9. 在归集和分配生产费用过程中，对于产品生产直接耗用的费用，可以通过_____总账及其所属的明细账_____计入产品成本；对于间接生产费用，应先归集到_____账户中去，然后再按一定的方法_____计入产品成本。

10. 合理地确认销售收入的实现，是销售收入核算关键环节，主要是要解决_____的问题。

11. 以＿＿＿＿＿＿＿账户的借方余额减去＿＿＿＿＿＿＿账户的贷方余额，便可得到固定资产的净值。

12. ＿＿＿＿＿＿＿账户的贷方余额抵减了＿＿＿＿＿＿＿账户的借方余额，即为企业本期的未分配利润。

13. 企业的财务成果或利润总额是由＿＿＿＿＿＿＿、＿＿＿＿＿＿＿和＿＿＿＿＿＿＿三部分构成的。

14. 按照权责发生制的原则，为划分费用的受益期间，应设置＿＿＿＿＿＿＿和＿＿＿＿＿＿＿账户。

15. 财务成果的核算内容主要由计算确定企业＿＿＿＿＿＿＿和＿＿＿＿＿＿＿两部分构成。

16. 在会计核算工作中结计一定会计期间利润的方法有＿＿＿＿＿＿＿和＿＿＿＿＿＿＿两种。

17. 期间费用主要包括＿＿＿＿＿＿＿、财务费用和＿＿＿＿＿＿＿三部分。

18. 在确认收入的同时，也要确认＿＿＿＿＿＿＿和＿＿＿＿＿＿＿。

19. 收入的确认时间有：在＿＿＿＿＿＿＿确认收入；在＿＿＿＿＿＿＿确认收入；在＿＿＿＿＿＿＿确认收入。

20. 在制造业企业，其他业务收入包括材料销售、＿＿＿＿＿＿＿转让、＿＿＿＿＿＿＿和固定资产出租等非工业性劳务。

7.2　单项选择题

7.2.1　要求

下列各题目中 4 个备选答案中，只有 1 个是正确的，请将正确答案的"字母"序号填入每个题目中的括号中。

7.2.2　题目

1. 短期借款的利息一般应计入（　　　）
   A. 管理费用　　　　B. 财务费用　　　　C. 营业外支出　　　　D. 预提费用

2. 企业购入一台设备，买价 10 000 元，增值税 1 700 元，运杂费 300 元，安装调试费 1 000 元，现已投入使用，该项固定资产的原价应为（　　　）
   A. 10 000 元　　　　B. 11 300 元　　　　C. 11 700 元　　　　D. 13 000 元

3. 在物价上涨情况下，使企业在某会计期间获得的利润最大的存货计价方法应选用（　　　）
   A. 先进先出法　　　　B. 后进先出法　　　　C. 加权平均法　　　　D. 个别计价法

4. 下列各项经济业务中，应列做管理费用处理的是（   ）

    A. 生产工人劳动保护费　　　　　　　　B. 固定资产盘亏净损失

    C. 经营活动的业务招待费　　　　　　　D. 销售产品的广告费

5. 下列各项中，属于工业企业的其他业务收入的是（   ）

    A. 罚款收入　　　　　　　　　　　　　B. 出售固定资产收入

    C. 转让无形资产收入　　　　　　　　　D. 保险赔偿收入

6. 企业的净利润是（   ）

    A. 利润总额减所得税费用的差额　　　　B. 利润总额减已交所得税的差额

    C. 利润总额减向投资者分配的利润的差额　　D. 利润总额减提取的盈余公积的差额

7. 利润的确认与计量依赖于（   ）

    A. 收入与费用的确认与计量　　　　　　B. 收入的确认与计量

    C. 费用的确认与计量　　　　　　　　　D. 收入、费用和资产的确认与计量

8. 工业企业的产品成本项目是（   ）

    A. 生产费用按产品品种的分类　　　　　B. 生产费用按成本计算对象的分类

    C. 生产费用按经济用途的分类　　　　　D. 生产费用按经济内容的分类

9. 以应收应付为标准确定本期收入和费用的方法称为（   ）

    A. 权责发生制　　　　B. 收付实现制　　　　C. 永续盘存制　　　　D. 经济责任制

10. 生产成本是指（   ）

    A. 先计入产品的费用　　　　　　　　　B. 后计入产品的费用

    C. 按产品归集的费用　　　　　　　　　D. 按车间归集的费用

11. 长期待摊费用是指（   ）

    A. 先计入成本、费用后支付的费用　　　B. 先支付后计入成本、费用的费用

    C. 先预提后支付的费用　　　　　　　　D. 先预提后摊入成本、费用的费用

12. 按照应计制的要求，本期发生的生产费用在构成本期产品的生产成本中（   ）

    A. 应全部计入　　　　　　　　　　　　B. 全部不应计入

    C. 部分不应计入　　　　　　　　　　　D. 不一定全部计入

13. 如果没有月初和月末的在产品，则本月发生的生产费用在构成本期完工产品成本中
（   ）

    A. 应全部计入　　　　　　　　　　　　B. 全部不应计入

    C. 应计入一部分　　　　　　　　　　　D. 不一定全部计入

14. 产品的生产成本是由（   ）

    A. 材料成本加生产费用构成　　　　　　B. 生产费用加营业费用构成

    C. 按一定种类产品归集的生产费用构成　　D. 产品的直接材料费加工资费用构成

15. 工业企业的"库存商品"账户是用来核算（   ）

    A. 完工产品的生产成本　　　　　　　　B. 库存产成品的收发存情况

C. 已销产品的生产成本　　　　　　　D. 生产过程中产品成本的形成情况

16. 本期的产品生产成本是指（　　　）

　　A. 本期实际支出的生产费用

　　B. 本期发生并已对象化的生产费用

　　C. 本期实际发生的生产费用

　　D. 月初在产品成本加本期发生并对象化的生产费用

17. 工业企业预付下年度的报纸杂志订阅款和房屋租金时，应记入（　　　）

　　A. "应收账款"账户的借方　　　　B. "制造费用"账户的贷方

　　C. "管理费用"账户的借方　　　　D. "财务费用"账户的借方

18. 产成品是指已完成（　　　）

　　A. 该产品全部生产工艺过程的产品

　　B. 本企业全部生产工艺过程的产品

　　C. 本企业全部生产工艺过程正在检验的产品

　　D. 本企业全部生产工艺过程并经验收入库可供销售的产品

19. 对生产过程中的各项耗费进行计量的原则一般是（　　　）

　　A. 历史成本　　　B. 现行成本　　　C. 可变现价值　　　D. 重置成本

20. "主营业务税金及附加"账户中不包括企业应交纳的（　　　）

　　A. 城市维护建设税　B. 消费税　　　C. 资源税　　　　D. 增值税

7.3　多项选择题

7.3.1　要求

下列各题目中 5 个备选答案中，有两个以上是正确的，请将正确答案的"字母"序号填入每个题目中的括号中。

7.3.2　题目

1. 工业企业主要经营过程核算的内容包括（　　　）

　　A. 供应过程的核算　B. 生产过程的核算　C. 资金筹集业务的核算

　　D. 销售过程的核算　E. 财务成果的核算

2. 工业企业主要经营过程的成本计算内容包括（　　　）

　　A. 供应过程物资采购成本计算　　　B. 生产过程产品生产成本计算

　　C. 在建工程成本计算　　　　　　　D. 销售过程产品销售成本计算

　　E. 基本建设的基建成本计算

3. 根据应计制，下列项目中应计入本期收入和费用的有（　　　）
    A. 收到上月的销货款
    B. 下期的费用已付款
    C. 本期的费用已付款
    D. 本期实现的收益已收款
    E. 本期实现的收益未收款

4. 费用确认的内容和标准应包含（　　　）
    A. 确认费用时要确认资产减少或负债增加
    B. 应当能用货币计量
    C. 费用的发生是为了取得收入或获取利润
    D. 符合配比原则
    E. 营业外支出和所得税费用

5. 下列各项中按应计制属于本期费用的是（　　　）
    A. 已支付货币资金的费用
    B. 应当摊销和预提的费用
    C. 用银行存款预付下年度的财产保险费
    D. 计算提取和应当支付的费用
    E. 用银行存款支付本季度的借款利息

6. 下列各项中按应计制属于本期收入的是（　　　）
    A. 已收到货款的销售收入
    B. 已收到款项的其他收入
    C. 应收账款的收回
    D. 按规定应当收取的应收账款
    E. 预收的货款和其他款项

7. 下列各项中应列做管理费用处理的是（　　　）
    A. 印花税
    B. 消费税
    C. 房产税
    D. 增值税
    E. 土地使用税

8. "生产成本"账户（　　　）
    A. 是用以归集产品生产所发生的全部生产费用并据以计算产品的生产成本的账户
    B. 借方登记月份内发生的全部生产费用
    C. 贷方登记转入"库存商品"账户的完工产品成本
    D. 月终如有借方余额，表示尚未完工产品的成本
    E. 月终如有借方余额，表示成品资金占用额

9. 下列费用成本账户中，月末一般无余额的有（　　　）
    A. 生产成本
    B. 营业费用
    C. 管理费用
    D. 制造费用
    E. 待摊费用

10. 产品的制造成本（生产成本）包括的内容有（　　　）
    A. 为制造产品而发生的材料费用
    B. 为制造产品而发生的人工费用
    C. 自然灾害造成的材料毁损
    D. 费用成本的减少或转销及收入的增加
    E. 生产加工车间的一般性材料消耗

11. 下列账户中需要按费用项目或支出项目设置明细账的是（　　　）
    A. 管理费用
    B. 财务费用
    C. 生产成本
    D. 制造费用
    E. 应付账款账户

12. 计算固定资产折旧应考虑的因素主要有（　　　）

    A. 固定资产的原价　　　　　　　　　B. 固定资产的净残值

    C. 固定资产的使用强度　　　　　　　D. 固定资产的管理部门

    E. 固定资产的使用年限

13. 企业实现的净利润要以（　　　）

    A. 利润的形式分配给投资者　　　　　B. 所得税的形式上交给国家

    C. 资本公积金形式留给企业　　　　　D. 盈余公积金形式留给企业

    E. 实收资本的形式留给企业

14. 企业确认销售收入的条件有（　　　）

    A. 企业已将商品所有权上的主要风险和报酬转移给购货方

    B. 没有保留通常与所有权相联系的继续管理权

    C. 没有对已售出的商品实施控制

    D. 与交易相关的经济利益能够流入企业

    E. 相关的收入和成本能够可靠地计量

7.4　判　断　题

7.4.1　要求

判断下列命题是否正确，在每一个命题后面的括号内作出选择，你认为是正确的画"√"；你认为是错误的画"×"。

7.4.2　题目

1. 企业物资采购的买价和费用，在期末应全部转入"本年利润"账户的借方。（　　　）

2. 实收资本和银行借款构成了企业资金的主体。（　　　）

3. 原材料的单位成本是购进原材料时从供货方取得的发票上列明的原材料的单价。（　　　）

4. 车间领用一般性消耗的材料，在会计处理上应属于增加管理费用。（　　　）

5. 财务费用是一种期间费用，按月归集，月末全部转入"本年利润"账户。（　　　）

6. 核算企业向银行或其他金融机构借入的款项，应通过"应付账款"和"其他应付款"两个账户进行核算。（　　　）

7. 财务成果是企业生产经营活动的最终成果，即利润或亏损。（　　　）

8. 固定资产因磨损而减少的价值称之为损耗。（　　　）

9. 凡是由本期产品成本负担的费用，应按实际支付数全部计入本期成本。（　　　）

10. 成本是以产品为对象进行归集的资金耗费。（　　　）

11. 企业实现的营业利润减去所得税后即为净利润，它是企业的净收益。（　　）

12. 企业通过销售过程，收回货币资金，它是资金运动的终点。（　　）

13. 主营业务利润＝主营业务收入－主营业务成本－主营业务税金及附加。（　　）

14. 本月应负担的行政管理部门的财产保险费未摊销，会使当月的期间费用减少，从而虚增利润，并虚增了资产。（　　）

15. 生产费用包括生产商品耗用的劳动对象和劳动资料。随着生产商品完工，生产费用就转变为商品制造成本。（　　）

7.5　专项实训一　材料采购业务的核算及采购成本计算

7.5.1　目的

练习材料采购过程的核算及材料采购成本的计算。

7.5.2　资料

永庆市东方机械厂 2011 年 2 月份发生下列材料采购业务。

1. 向河津市永兴工厂购入：甲材料 4 000 kg，@30 元，计价款 120 000 元，增值税额 20 400 元，乙材料 3 000 kg，@20 元，计价款 60 000 元，增值税额 10 200 元。材料验收入库，货款的 40％以银行存款支付，其余的 60％签发并承兑一张商业汇票。

2. 向河津市滨河工厂购入下列材料：甲材料 2 000 kg，@30 元，计价款 60 000 元，增值税 10 200 元，乙材料 1 000 kg，@20 元，计价款 20 000 元，增值税 3 400 元，材料验收入库，货款暂欠。

3. 以银行存款 210 000 元预付向万荣市庆丰工厂购丙材料款。

4. 以银行存款支付甲、乙材料的运杂费 6 000 元和仓储保险费 2 600 元。请分别按材料重量比例和材料买价比例分配计入材料采购成本。

5. 收到购入万荣市庆丰工厂丙材料的有关单证，上列数量 4 000 kg，@50 元，计价款 200 000 元，增值税额 34 000 元，扣除前已预付的 210 000 元外，其余用银行存款支付，但材料尚未收到。

6. 上述甲、乙材料已经验收入库，按实际采购成本结转入账。

7.5.3　要求

编制"物资采购费用分配表"（见表 7-1）和"物资采购成本计算表"（见表 7-2），并编制上述经济业务的会计分录（通过"物资采购"账户）填入表 7-3 内。

表 7 - 1　物资采购费用分配表

项目	运杂费分配			仓储保险费分配			合计
	分配标准（材料重量）	分配率	分配金额	分配标准	分配率	分配金额	
甲材料							
乙材料							
合计							

表 7 - 2　物资采购成本计算表

成本项目	甲材料（　　kg）		乙材料（　　kg）	
	总成本	单位成本	总成本	单位成本
买价				
运杂费				
仓储保险费				
材料采购成本				

表 7 - 3　会计分录用表

序号	会计分录	序号	会计分录
1		4	
2		5	
3		6	

7.6　专项实训二　生产过程的核算及成本计算

7.6.1　目的

练习生产过程的核算及其成本计算。

7.6.2 资料

永华机器厂 2011 年 2 月发生下列经济业务。

1. 仓库发出材料及其用途如下：生产 A 产品领用甲材料 4 000 kg，乙材料 2 000 kg，生产 B 产品领用甲材料 3 000 kg，乙材料 1 500 kg，车间一般性消耗领用丙材料 800 kg，厂部一般性消耗领用丙材料 400 kg。甲材料@100 元，乙材料@50 元，丙材料@40 元。

2. 分配并结转本月应付职工工资 150 000 元，其中：生产工人工资：A 产品 60 000 元，B 产品 40 000 元，管理人员工资：车间 10 000 元，厂部 20 000 元，福利部门人员工资 10 000 元，销售部门人员工资 10 000 元。

3. 按工资总额的 14% 计提职工福利费 21 000 元。

4. 计提本月份固定资产折旧费 20 000 元，其中：生产车间 14 000 元，厂部 6 000 元。

5. 支付本月份固定资产大修理费 3 000 元，其中：车间 2 000 元，厂部 1 000 元。

6. 计提应由本月负担的银行短期借款利息 1 000 元。

7. 用银行存款支付金融部门筹资费用 4 000 元。

8. 摊销应由本月成本费用负担的财产保险费 6 000 元和本月材料仓库租金 2 000 元。

9. 用银行存款支付固定资产大修理费 7 000 元。

10. 用银行存款 12 000 元支付办公用房屋租金，租期一年，决定从本月起分 12 个月摊销。

11. 供销科李文斌出差归来报销差旅费 1 500 元，并交回余款现金 300 元，结清原借款。

12. 用银行存款支付购办公用品费 4 000 元，其中：车间 1 000 元，厂部 3 000 元。

13. 用银行存款支付本月份电费 18 000 元，其中：A、B 产品生产耗电 12 000 元（按 A、B 产品的定额耗电量进行分摊，A、B 产品的定额耗电量分别为 25 000 度和 15 000 度，填入表 7-4 内），车间照明用电 3 000 元，厂部照明用电 3 000 元。

14. 分配（按生产工人工资比例）并结转本月制造费用，填入表 7-4。

表 7-4 电费和制造费用分配表　　　　　　　　　　2011 年 2 月

产品名称	电费分配			制造费用分配		
	分配标准	分配率	分配金额	分配标准	分配率	分配金额
A 产品						
B 产品						
合　计						

15. 计算并结转完工产品成本，A 产品 2 000 件全部完工并验收入库，B 产品完工验收入库 1 000 件。期初在产品成本（只计算材料费用）A 产品 26 660 元，B 产品 14 300 元，经计算月末在产品成本（只计算材料费用）B 产品 22 360 元，填入表 7-5。

表 7 - 5　产品生产成本计算　　　　　　　　　　2011 年 2 月

成本项目	A 产品（2 000 件）		B 产品（1 000 件）	
	总成本	单位成本	总成本	单位成本
直接材料				
燃料动力				
工资及福利费				
制造费用				
生产成本				

7.6.3　要求

根据上述经济业务编制会计分录填入表 7 - 6。

表 7 - 6　会计分录用表

序号	会计分录	序号	会计分录
1		2	
3		4	
		5	
6		7	
8		10	
9			
11		13	
12			
14		15	

7.7 专项实训三 销售业务的核算及财务成果的计算与分配

7.7.1 资料

三都机械厂 2011 年 1 月份发生下列经济业务。

1. 向红星工厂销售 A 产品 1 640 件，单价 500 元，计价款 820 000 元，增值税额 139 400 元，另用银行存款支付应由本企业负担的运杂费 1 600 元。货已发出，货款尚未收到。

2. 向 M 公司销售 B 产品 1 250 件，@400 元，计价款 500 000 元，另转让甲材料 400 kg，计价款 20 000 元，增值税额共计 88 400 元，另以银行存款支付代垫运费 3 000 元，货已发出，货款尚未收到。

3. 用银行存款支付广告费 80 000 元、运输费 20 000 元和本厂技工学校经费 6 000 元。

4. 以银行存款预付本季度产品展销场地费 9 000 元，并摊销应由本月负担的部分。

5. 向光明机床厂发出 A 产品 600 件，@100 元，B 产品 200 件，@200 元，价款共计 100 000 元，增值税额 17 000 元，结清前已预收款 80 000 元外，其余收到对方签发并承兑的商业汇票一张。

6. 结转已销产品的销售成本和转让甲材料的成本，单位产品生产成本：A 产品 300 元/件，B 产品 220 元/件；甲材料单位成本 40 元。

7. 按本月应纳增值税额（"应交增值税——进项税额"期初借方余额 23 000 元，本期借方发生额 121 400 元）的 7% 和 3% 分别计算并结转应纳城建税和教育费附加。

8. 通过银行收到 M 公司违约的违约罚款收入 3 000 元，按规定作为营业外收入处理。

9. 将无法支付的前欠永安工厂的货款 4 000 元，按规定转作资本公积金。

10. 将各损益类账户余额（除本练习有关的损益类账户外，"管理费用"账户本月借方发生额 30 000 元，"财务费用"账户本月借方发生额 11 000 元）结转至"本年利润"账户。

11. 将本月实现的利润（视同于应税所得额）按税率 25% 计算并结转应缴所得税。

12. 按本月税后利润的 10% 提取盈余公积。

13. 从税后利润中应分配给投资者的利润为 180 000 元。

7.7.2 要求

根据以上经济业务编制会计分录并填入表 7-7。

表 7-7　会计分录用表

序号	会计分录	序号	会计分录
1		2	
3		4	
5		6	
7		8	
9			
10 1/2		10 2/2	
11			
12		13	

7.8　专项实训四　其他经济业务的核算及其账项调整

7.8.1　资料

锦华工厂 2011 年发生的部分经济业务如下。

1. 1 月 12 日购入设备一台，用银行存款支付价款 24 000 元，增值税 4 080 元，运杂费 420 元。

2. 1 月 14 日没收 AB 公司逾期未退回的包装物押金 6 000 元，按规定作为营业外收入处理。

3. 2 月 8 日出售设备一台，原值 80 000 元，已提折旧 15 000 元，双方协议价 60 000 元，通过银行收到款项。

4. 3 月 6 日出售设备一台，原值 70 000 元，已提折旧 10 000 元，双方协议价 80 000

元，通过银行收到款项。

5. 5月2日报废一台旧设备，该设备原值30 000元，已提折旧28 000元，用现金支付清理费用500元，残料验收入库，作价300元。

6. 5月14日销售A材料1 000 kg，@50元，计价款50 000元，增值税额8 500元，已通过银行收到款项。该材料单位成本45元，结转已售材料成本。

7. 6月10日转让本企业开发的一项专利30 000元，已通过银行收到款项。

8. 6月16日职工高维报销医药费500元，以现金付讫。

9. 6月20日接受某单位投资投入一商标权216 000元，有效期6年，并摊销本年应负担的36 000元。

10. 6月30日接银行通知，收到本季度银行存款利息2 000元。

11. 7月6日购入需安装的设备一台，买价30 000元，增值税额5 100元，款项以银行存款支付。另以银行存款支付运费及包装费900元，安装费2 000元。安装完毕交付使用。

12. 3月1日租入设备一台，年租金48 000元，合同规定租金于每季末支付。作出该企业6月末、9月末、12月末有关租赁费用（计入"管理费用"账户，并预先提存）及实际支付租金时的会计分录。练习属于本期费用尚未支付款项的账项调整。

13. 4月1日，出租房屋一幢，年租金120 000元，合同规定租金于每季末收取。作出该企业4月末、5月末、6月末有关租金收入（计入"其他应收款"和"其他业务收入"账户）及实际结算租金时的会计分录。练习属于本期收入，尚未收到款项的账项调整。

14. 该企业7月份发生的经济业务如下：①7月1日出租设备一台，租期一年，年租金60 000元，一次性收取并存入银行。②7月8日通过银行收到M公司预付购甲产品的货款70 000元。③7月10日为某单位进行的一项劳务工程，劳务款项30 000元已收存银行，该项劳务工程估计40天左右完成。④7月13日发出6月20日已预收M公司货款的甲产品，价款40 000元，增值税额6 800元。⑤7月31日劳务工程已完工50%，结转已实现的劳务收入。⑥7月31日结转本月已实现的出租固定资产的租金收入。练习本期已收款，而不属于或不完全属于本期收入款项的账项调整。

15. 该企业9月份发生的经济业务如下：①9月8日以银行存款预付向A公司的购货款80 000元。②9月30日用银行存款支付本季度的银行短期借款利息10 000元（前2个月已预提3 000元），前2个月已预提数和本季度实际支付的数额的差直接计入季末月份的费用，同时补提计入"预提费用"账户。③用银行存款支付厂部办公楼的装潢费360 000元，分三年摊销，同时摊销应由本月负担的部分费用10 000元。④9月1日加工车间租入设备一台，租期4个月，全部租金24 000元，用银行存款支付，同时摊销应由本月（计入"制造费用"账户）负担的部分费用6 000元。

7.8.2　要求

根据上述经济业务编制会计分录，填入表7-8。

表 7 - 8　会计分录用表

序号	会计分录	序号	会计分录
1		2	
3		4	
5		6	
7		8	
9		10	
11		12	
13		14	
15			

第8章
报表编制前的准备工作

8.1 填空题

8.1.1 要求

将正确的答案填列在下列各题目的空格中。

8.1.2 题目

1. 财产清查按清查的对象和范围不同可分为_____ 和_____，按清查时间的不同又可分为_____ 和_____。

2. 财产物资有两种确定实物数量的盘存制度是_____ 和_____。

3. 采用实地盘存制度，对财产物资的收发平时在账簿中只登记_____，不登记_____。

4. 对现金的清查应采用_____ 的方法，对银行存款的清查应采用_____ 的方法。

5. "实存账存对比表"是用来确定_____ 和_____ 之间的差异，也是用来调整账面记录的_____。

6. 财产清查中发现盘盈、盘亏的各种存货，在报经批准后，若属于自然升溢，则应冲减_____，若属于自然灾害造成的净损失，应增加_____。

7. 企业会计制度规定，盘盈的固定资产，应按照同类或类似固定资产的_____，减去按该项固定资产的新旧程度估计的_____ 后的余额，作为其入账价值。

8. 盘盈、盘亏和毁损的固定资产，会计制度规定，先记入_____ 账户，经股东大会或董事会，或经理（厂长）会议批准后，在_____ 处理完毕，或虽未批准但也应在_____ 先行处理，然后在报经批准后再按批准结果进行调整，而不需要经主管财政机关批准。

9. 现金清查中，对于无法查明原因的现金短缺，报经批准后借记_____ 账户，应由个人赔偿和向保险公司索赔的借记_____账户，对于无法查明原因的现金溢余，报经批准后贷记_____账户。

8.2　单项选择题

8.2.1　要求

下列各题目中 4 个备选答案中，只有 1 个是正确的，请将正确答案的"字母"序号填入每个题目中的括号中。

8.2.2　题目

1. 采用永续盘存制时，财产清查的主要目的是为了保证（　　）
   A. 账证相符　　　　B. 账实相符　　　　C. 账账相符　　　　D. 账表相符
2. 对于银行已记收入而企业尚未入账的各种未达账项，其入账依据是（　　）
   A. 银行对账单　　　　　　　　B. 账存实存对比表
   C. 收到银行的收账通知　　　　D. 银行存款余额调节表
3. 在盘点财产物资时，将各项实物资产的盘点结果登记在（　　）
   A. 盘存单　　　B. 账存实存对比表　　　C. 对账单　　　D. 现金盘点报告表
4. 通常在年终决算前，要（　　）
   A. 对企业所有财产物资进行技术推算法盘点
   B. 对企业全部财产物资进行全面清查
   C. 对企业一部分财产物资进行局部清查
   D. 对现金和银行存款进行全面清查
5. 盘盈的固定资产其入账价值应是（　　）
   A. 历史成本　　　　　　　　B. 重置价值
   C. 重置价值减估计价值损耗　　D. 原始价值
6. 盘亏的固定资产净损失，报经批准转销时，应借记的账户是（　　）
   A. 资本公积　　　B. 管理费用　　　C. 其他业务支出　　　D. 营业外支出
7. 盘盈的固定资产净收益，报经批准处理时，应贷记的账户是（　　）
   A. 其他业务收入　　B. 固定资产清理　　C. 营业外收入　　　D. 资本公积
8. 一般来说，单位撤销、合并、改变隶属关系时，要进行（　　）
   A. 全面清查　　　B. 局部清查　　　C. 实地盘点　　　D. 技术推算
9. 技术推算盘点法适用的范围是（　　）
   A. 固定资产　　　　　　　　B. 流动资产

C. 现金　　　　　　　　　　　　　D. 大量成堆难以逐一清点的材料

10. "待处理财产损溢"账户按经济内容分类属于（　　　）

A. 资产类账户　　　　　　　　　　B. 负债类账户

C. 损益类账户　　　　　　　　　　D. 资产负债双重性质账户

8.3　多项选择题

8.3.1　要求

下列各题目中 5 个备选答案中，有两个以上是正确的，请将正确答案的"字母"序号填入每个题目中的括号中。

8.3.2　题目

1. 某一笔业务借记"待处理财产损溢"账户，贷记有关账户，所发生的经济业务可能是（　　　）

A. 发现的盘亏　　　B. 发现的盘盈　　　C. 批准处理的盘盈或发现的盘亏

D. 批准处理的盘亏或发现的盘盈　　　　E. 批准处理的盘盈和发现的盘亏

2. 企业银行存款日记账余额与银行对账单余额不符，主要有以下几种情况（　　　）

A. 企业未入账的收入款项，银行已入账　　B. 企业未入账的支出款项，银行已记账

C. 企业已入账的收入款项，银行未入账　　D. 企业已入账的支出款项，银行未入账

E. 银行与企业中有一方记账有误或双方记账均有错误

3. 财产清查中不定期清查的适用范围是（　　　）

A. 更换财产物资保管员和现金出纳员　　B. 财产物资意外损失

C. 单位合并、迁移或改变隶属关系　　　D. 进行清产核资工作时

E. 上级机关、财政、审计、银行对企业进行会计检查

4. 某一笔业务借记有关账户，贷记"待处理财产盈亏"账户，所反映的经济业务可能是（　　　）

A. 批准处理的盘亏和发现的盘盈　　　B. 批准处理的盘亏

C. 批准处理的盘盈　　　　　　　　　D. 批准处理的盘盈或发现的盘亏

E. 批准处理的盘亏或发现的盘盈

5. 财产清查时实地盘点法适用于（　　　）

A. 银行存款　　　B. 各项应收应付款　　　C. 固定资产和材料物资

D. 在产品及产成品　　E. 现金及委托加工材料

6. 财产清查中全面清查适用于下述情况中的（　　　）

A. 年终决算时 　　　　　　　　　B. 单位撤销、合并或改变隶属关系

C. 破产倒闭时 　　　　　　　　　D. 清产核资时

E. 租赁承包时

7. 财产清查中核对账目的方法适用于（　　）

A. 固定资产清查　　B. 现金的清查　　　　C. 往来账项的清查

D. 银行存款的清查　E. 货币资金的清查

8. 财产清查中银行存款清查的依据是（　　）

A. 银行存款日记账　B. 银行存款总账　　　C. 银行存款余额调节表

D. 银行对账单　　　E. 银行存款实有余额

9. 财产清查中，下列各项可以作为调整账面记录的原始凭证是（　　）

A. 现金盘点报告表　B. 盘存单　　　　　　C. 银行存款余额调节表

D. 实存账存对比表　E. 银行对账单

10. 银行存款余额调节表的编制方法有（　　）

A. 余额调节法　　　B. 总额调节法　　　　C. 差额调节法

D. 对账单调节法　　E. 未达账项账簿调整法

8.4　判　断　题

8.4.1　要求

判断下列命题是否正确，在每一个命题后面的括号内作出选择，你认为是正确的画"√"；你认为是错误的画"×"。

8.4.2　题目

1. "待处理财产损溢"账户的余额在借方。　　　　　　　　　　　　　（　　）

2. 对坏账损失可不通过"待处理财产损溢"账户核算。　　　　　　　（　　）

3. 编制"银行存款余额调节表"以后，应当据以调整账簿记录。　　　（　　）

4. 财产清查全部都是不定期清查。　　　　　　　　　　　　　　　　（　　）

5. 在永续盘存制下，仍需对财产物资进行实地盘点。　　　　　　　　（　　）

6. 通过"银行存款余额调节表"可以检查账簿记录上存在的差错。　　（　　）

7. 如果甲种材料由于日常收发计量不准发生盘盈，在报经批准后应当贷记"营业外收入"账户。　　　　　　　　　　　　　　　　　　　　　　　　　　　　　（　　）

8. 在债权债务往来款项中，不存在"未达账项"情况。　　　　　　　（　　）

9. 在财产清查中发现固定资产盘亏，在报经批准后应当借记"营业外支出"账户。（　　）

10. 局部清查一般适用于对流动性较大的财产物资和货币资金的清查。　　　　　（　　）

11. 永续盘存制，是对存货在特定的会计期末通过盘点来确定其库存数量，再由此推算期末存货和本期已销售或耗用存货的核算方法。　　　　　（　　）

12. "现金盘点报告单"是对比账实差异，据以调整账簿记录的原始凭证。　　　　　（　　）

8.5　专项实训一　银行存款余额调节表的编制方法

8.5.1　资料

A 企业 2011 年 11 月 30 日银行存款日记账的账面余额为 126 838 元。银行对账单账面余额为 102 346 元。经逐笔核对，两者不相符是由下列未达账项造成的。

(1) 29 日企业开出转账支票 5 435 元购买甲材料，A 企业已入账，银行尚未入账。

(2) 30 日银行代 A 企业划付银行借款利息 13 200 元，银行已记账，付款通知尚未送达 A 企业。

(3) 30 日有一批产品销售款项 18 600 元，银行已记账，收账通知尚未送达 A 企业。

(4) 30 日购货单位付给 A 企业销货款 14 000 元，A 企业已记收讫，银行尚未入账。

(5) 30 日，银行接到付款通知，支付水电费 21 327 元，银行已记账，A 企业尚未入账。

8.5.2　要求

(1) 根据上述资料以 A 企业银行存款日记账、银行对账单调节前的账面余额为基础进行调节并编制"银行存款余额调节表"，如表 8 - 1 所示。

表 8 - 1　银行存款余额调节表

2011 年 11 月 30 日

项　目	金　额	项　目	金　额
银行存款日记账余额		银行对账单余额	
调节后余额		调节后余额	

(2) 以 A 企业银行存款日记账余额为标准，对银行对账单独立调整，并计算 A 企业银行存款日记账余额。

A 企业银行存款对账单调整后余额＝A 企业银行存款日记账调整后余额

8.6　专项实训二　未达账项的确定与银行存款余额调节表的编制

8.6.1　资料

W 公司 2011 年 9 月份，银行存款日记账与银行对账单中的部分有关记录如下：

1. 企业银行存款日记账的（9 月 30 日账面余额 80 540 元）9 月 22 日以后有关的账面记录如下：

（1）23 日，存入销售货款转账支票 18 000 元；

（2）24 日，开出转账支票 1024 号和 1025 号，支付委托外单位加工费 3 400 元和支付购入材料价款 12 524 元；

（3）28 日，M 公司自带银行汇票金额 26 000 元向 W 公司购料，W 公司已送银行；

（4）29 日，存入销售货款转账支票 21 120 元；

（5）29 日，开出转账支票 1026 号和 1207 号，支付购料运费 5 270 元和支付燃料费 7 800 元；

（6）30 日，开出现金支票 2025 号，支付王科长出差借支差旅费 6 000 元。

2. 银行对账单（9 月 30 日 余额 60 518 元）9 月 23 日以后有关的账面记录如下：

（1）24 日，转账收入 18 000 元；

（2）26 日，代交应付电费 2 800 元；

（3）27 日，支票 1024 号，支付加工费 3 400 元；

（4）28 日，支票 1025 号，支付料款 12 524 元；

（5）29 日，存款利息收入 828 元和"见票即付"的社会保障金 18 200 元；

（6）30 日，支票 1027 号，支付燃料费 7 800 元和受委托收销货款 36 000 元。

8.6.2　要求

1. 查明并分类型写出银行存款日记账与银行对账单不符的业务有哪些。

（1）

（2）

（3）

（4）

2. 根据以上资料编制银行存款余额调节表（见表 8 - 2）。

表 8-2　银行存款余额调节表

2011 年 9 月 30 日

项　　目	金　　额	项　　目	金　　额
银行存款日记账余额		银行对账单余额	
调节后余额		调节后余额	

8.7　综合实训　财产清查的账务处理

8.7.1　资料

H 公司 2011 年 8 月份有关财产清查的经济业务如下。

1. 盘盈甲材料 3 000 元，经查其中的 2 000 元属自然升溢造成，另 1 000 元属计量器具不准造成。盘亏乙材料 9 000 元，经查其中的 1 800 元属定额内自然损耗造成；1 200 元属计量器具不准造成；1 000 元属保管员王马虎责任，责令其赔偿，从下月工资中扣除；5 000 元属暴风雨袭击，按规定平安保险公司应赔偿 4 000 元，其余计入营业外支出（非常损失）。

2. N 公司所欠本公司的货款 3 000 元，确认无法收回，按规定作坏账损失处理（分别按"备抵法"和"直接冲销法"进行账务处理）。

3. 盘盈机器设备一台，同类固定资产的市场价格 10 000 元，经鉴定为七成新，经查属原未入账设备；盘亏机床一台，账面价值为 43 000 元，已提折旧 13 000 元，经查系自然灾害造成，按规定应向平安保险公司索赔 25 000 元，尚未收到款项，其余作为营业外支出处理。

4. 短缺现金 200 元，其中 120 元无法查明原因，另 80 元应由出纳员承担责任，尚未收到赔款。

8.7.2　要求

1. 根据上述经济业务编制报经批准前和报经批准后的会计分录。

2. 分录用凭证自备。

第 9 章

基本会计报表

9.1 填 空 题

9.1.1 要求

将正确的答案填列在下列各题目的空格中。

9.1.2 题目

1. 会计报表是根据日常的_____定期编制的，_____反映企业在某一特定日期的_____和某一会计期间的_____以及_____情况的书面报告文件。

2. 按照会计报表所反映的经济内容不同，会计报表可分为反映企业_____、_____的会计报表和反映企业_____、_____、_____情况的会计报表。

3. 企业对外报送的作为主表的会计报表包括_____、_____和_____三种。

4. 按照会计报表编制主体的不同，会计报表可分为_____和_____。按照会计报表编制单位的不同，会计报表又可分为_____和_____。

5. 会计报表的编制要求_____、_____、_____和_____。

6. "资产负债表"中，"期末数"栏各项目的数字，大部分项目是根据总账中有关账户的_____进行_____填列，而另外一些项目则需要根据总账和明细账的_____进行_____填列。

7. "资产负债表"中，"存货"项目应根据_____、_____、_____和_____等科目的期末借方余额之和填列。

8. 在填列资产负债表时，如果"预付账款"科目出现借方余额，则应合并填列在_____项目反映。

9. "损益表"或"利润表"中的各个项目，都是根据有关损益类账户记录的_____和_____分别填列的。

10. "利润表"的格式或结构按其是否反映企业"利润总额"的构成内容和层次分为_____和_____两种。

11. 多步式利润表通常分为以下四步：第一步计算出_____，第二步计算出_____，第三步计算出_____，第四步计算出_____。

12. "利润表"作为反映企业_____内资金运动的_____报表，其全部指标均根据有关_____类账户的本期_____填列。

13. 目前，常用的会计报表分析方法有_____和_____两种。

14. 反映企业盈利能力的比率有_____、_____和_____三种。

15. 反映企业偿债能力的比率有_____和_____两种。

16. 反映企业营运能力的比率有_____和_____两种。

17. 会计报表按其报送对象不同可分为_____和_____两种。

18. 企业的对外会计报表，按其编制的时间不同，可以分为_____会计报表、_____会计报表、_____会计报表和_____会计报表。

19. "利润分配表"作为损益表的_____，是总括反映企业在一定期间_____情况或亏损的弥补情况和_____的结余情况的会计报表。

20. 一般情况下，会计报表的结构是由表头、_____、_____、_____和_____五部分构成。

9.2 单项选择题

9.2.1 要求

下列各题目中4个备选答案中，只有1个是正确的，请将正确答案的"字母"序号填入每个题目中的括号中。

9.2.2 题目

1. 会计报表分为静态报表和动态报表，下列各种会计报表中属于静态报表的是（　　）

A. 资产负债表　　　B. 损益表　　　C. 利润分配表　　　D. 现金流量表

2. 会计报表可以按不同的标志进行分类，但其最基本的分类是（　　）

A. 按编制单位的分类　　　　　　B. 按经济内容的分类

C. 按编制日期的分类　　　　　　D. 按资金运动状况的分类

3. "资产负债表"中的各项指标（　　）

A. 都可以根据账户余额直接填列

B. 必须对账户余额进行分析计算后才能填列

C. 大部分是根据账户余额直接填列，一少部分是根据账户发生额分析计算填列

D. 大部分是根据账户余额直接填列，一少部分是根据账户余额分析计算填列

4. 企业的净利润是指会计利润（　　　）

A. 扣除已交所得税后的利润　　　　　　　B. 扣除交纳销售税金后的利润

C. 扣除所得税费用后的差额　　　　　　　D. 扣除应税利润后的差额

5. 多步式利润表是通过多步骤计算求出当期损益，其计算步骤分为（　　　）

A. 主营业务利润、营业利润、利润总额

B. 主营业务利润、营业利润、利润总额和净利润

C. 营业收入、营业利润、营业外收支净额

D. 主营业务利润、营业外收支净额、净利润

6. 确定资产负债表资产和负债项目排列顺序的根据是其项目的（　　　）

A. 重要性　　　　　B. 流动性　　　　　C. 客观性　　　　　D. 相关性

7. "损益表"按反映资金运动状况分类，属于会计报表中的（　　　）

A. 静态报表　　　　B. 动态报表　　　　C. 月份报表　　　　D. 汇总报表

8. 在资产负债表中，下列项目中不是根据有关总账账户余额直接填列的是（　　　）

A. 固定资产　　　　B. 未交税金　　　　C. 应付账款　　　　D. 未付利润

9. "材料成本差异"账户的贷方期末余额在填列"存货"项目时，应与有关账户如何填列（　　　）

A. 相加后　　　　　B. 相减后　　　　　C. 不加不减　　　　D. 部分相加部分相减后

10. 在不设置"预付账款"账户的情况下，资产负债表中"应收账款"项目填列的根据应是（　　　）

A. "应收账款"总分类账户期末余额

B. "应收账款"总分类账户所属各明细分类账户的期末借方余额合计

C. "应收账款"和"应付账款"总分类账所属各明细分类账户的期末借方余额合计

D. "应收账款"和"预收账款"总分类账户所属各明细分类账户的期末借方余额合计

9.3　多项选择题

9.3.1　要求

下列各题目中 5 个备选答案中，有两个以上是正确的，请将正确答案的"字母"序号填入每个题目中的括号中。

9.3.2 题目

1. 为了充分发挥会计报表的作用，各种对外会计报表编制的要求是（　　）
   A. 数字真实　　　　　B. 内容完整　　　　　C. 编报及时
   D. 指标一致　　　　　E. 计算正确

2. 资产负债表中的下列项目期末数，根据明细账户余额分析填列的有（　　）
   A. 应收账款　　　　　B. 应付账款　　　　　C. 预付账款
   D. 预收账款　　　　　E. 银行存款

3. 会计报表信息的使用者包括（　　）
   A. 投资人　　　　　　B. 债权人　　　　　　C. 企业经营管理者
   D. 审计　　　　　　　E. 财政、税务

4. 下列指标中用来评价企业偿债能力的指标有（　　）
   A. 应收账款周转率　B. 速动比率　　　　　C. 流动比率
   D. 存货周转率　　　　E. 资本金周转率

5. 资产负债表中"货币资金"项目反映下列账户中期末余额合计数的是（　　）
   A. 应收账款　　　　　B. 现金　　　　　　　C. 银行存款
   D. 其他货币资金　　　E. 应收票据

6. 下列指标中，用来评价企业营运能力的指标有（　　）
   A. 流动比率　　　　　B. 应收账款周转率　C. 存货周转率
   D. 速动比率　　　　　E. 销售利润率

7. 下列指标中，用来评价盈利能力的指标有（　　）
   A. 速动比率　　　　　B. 销售利润率　　　　C. 存货周转率
   D. 资本金利润率　　　E. 应收账款周转率

8. 资产负债表中，按若干个总分类账户余额汇总填列的项目有（　　）
   A. 应收账款　　　　　B. 货币资金　　　　　C. 存货
   D. 短期投资　　　　　E. 待摊费用

9. 资产负债表中"应收账款"项目填列的依据是下列哪些项目之和（　　）
   A. "应收账款"总账　　　　　　　　　B. "应收账款"明细账
   C. "应收账款"明细账其中的借方余额　D. "预收账款"明细账其中的借方余额
   E. 其他应收款明细账其中的借方余额

10. 资产负债表中各项目填列的方法有（　　）
    A. 根据有关总分类账户余额直接填列
    B. 根据有关总分类账户余额和数填列
    C. 根据有关总分类账户余额差数填列
    D. 根据有关明细账户余额和数或差数填列
    E. 根据有关总分类账户发生额分析填列

9.4　判　断　题

9.4.1　要求

判断下列命题是否正确，在每一个命题后面的括号内作出选择，你认为是正确的画"√"；你认为是错误的画"×"。

9.4.2　题目

1. 编制会计报表的目的是为了满足会计信息使用者（包括本企业内部管理者和员工．投资者、债权人、潜在的投资者和债权人、上级主管部门、政府部门等）对会计信息的需求。　　　　　　　　　　　　　　　　　　　　　　　　　　　　　　　　（　　）

2. 要预测一个企业未来的盈利趋势，应该分析该企业利润表上主营业务利润占全部利润总额的比重，因为只有企业的主营业务利润具有较强的再生性。　　　　　　　（　　）

3. 资产负债表中"未分配利润"项目的本年期末数必须与利润分配表中"未分配利润"项目"本年实际"栏的金额相等。　　　　　　　　　　　　　　　　　　　　　（　　）

4. 资产负债表的项目按照流动性从弱到强顺序排列。　　　　　　　　　　　（　　）

5. 为了及时提供会计信息、保证会计信息的质量，会计报表中的项目与会计科目是完全一致的，并以会计科目的本期发生额或余额填列。　　　　　　　　　　　　　（　　）

6. 通过现金流量表可以分析现金流入和流出的原因，评价企业的偿债能力。（　　）

7. 编制资产负债表时，"应付职工薪酬"如有借方余额应列在表的左半部分。（　　）

8. 编制损益表时，如有投资损失，应以"—"号填列"投资收益"项目。　　（　　）

9. 我国会计制度规定采用报告式资产负债表。　　　　　　　　　　　　　　（　　）

10. 编制会计报表是企业账务处理程序的组成部分。　　　　　　　　　　　（　　）

9.5　专项实训一　资产负债表和利润表的编制

9.5.1　目的

掌握资产负债表和利润表的编制方法。

9.5.2 资料

2011 年 9 月份江津机械厂发生下列经济业务。

（一）月末结账前各总分类账户所登记经济业务的发生额。为节省篇幅，总分类账户本月发生额的登记从略。本资料仅提供在月末账项调整及结账前对各账户的记录草算出的期末余额。

现金	1 000	短期借款	120 000	生产成本	560 000
银行存款	185 000	应付账款	161 200	制造费用	60 000
应收账款	163 000	应交税金	13 900	管理费用	70 000
其他应收款	28 000	其他应交款	3 000	营业费用	2 000
原材料	320 000	财务费用	2 000	库存商品	236 000
预收账款	64 000	主营业务收入	800 000	实收资本	980 000
投资收益	13 000	其他业务支出	10 000	资本公积	160 000
固定资产	890 000	盈余公积	160 000	营业外收入	55 000
累计折旧	110 000	未分配利润	46 900	营业外支出	63 000
预付账款	60 000	长期股权投资	100 000	其他业务收入	13 000
其他应付款	50 000				

（二）期末需进行收入和费用账项调整的经济业务。

1. 将预收的房屋租赁租金转作本月的收入 10 000 元。
2. 结算本月应交城建税 16 000 元及教育费附加 2 000 元。
3. 预提应由本月负担的银行短期借款利息 2 000 元。
4. 预提本月固定资产大修理费 6 000 元，其中：车间 4 000 元，厂部 2 000 元。
5. 分配并结转本月份的工资费用 63 000 元，其中：生产工人工资：40 000 元，车间管理人员工资 10 000 元，厂部管理人员工资 10 000 元，医务及福利部门人员工资 2 000 元，销售人员工资 1 000 元。
6. 计提本月份固定资产折旧费 10 000 元，其中：车间 6 000 元，厂部 4 000 元。
7. 摊销应由本月负担的财产保险费和报刊资料费 15 000 元。
8. 计算并结转本月应交所得税 64 020 元。
9. 本月应提取盈余公积 12 998 元，按规定向投资者分配利润 110 000 元。

（三）期末需要进行收入和费用账项结转的经济业务。

a. 结转本月的制造费用。
b. 结转本月完工产品成本（本月产品全部完工）。
c. 结转本月已销产品成本（月末库存产品 382 000 元）。
d. 结转本月主营业务收入、其他业务收入、投资收益和营业外收入。
e. 结转本月管理费用、财务费用、营业费用、主营业务税金及附加、主营业务成本、其他业务支出和营业外支出。

f. 结转本月所得税费用。

g. 结转本月净利润至"未分配利润"账户的贷方。

h. 结转利润分配（向投资者分配的利润和提取的盈余公积）至"未分配利润"账户的借方。

9.5.3　要求

根据账项调整业务和账项结转业务编制会计分录。并草算出各账户的本期发生额及期末余额，编制资产负债表（见表9-1）和利润表（见表9-2）。

表9-1　资产负债表

编制单位：　　　　　　　　　　　　　年　月　日　　　　　　　　　　　单位：元

资　　产	行次	期末数	负债和所有者权益	行次	期末数
流动资产：			流动负债：		
货币资金	1		短期借款	68	
应收账款	6		应付账款	70	
其他应收款	7		预收账款	71	
预付账款	8		应付工资	72	
存货	10		应付福利费	73	
			应交税金	74	
流动资产合计	31		应付股利	75	
长期投资：			其他应交款	80	
长期股权投资	32		其他应付款	81	
长期债权投资	34				
长期投资合计	36		流动负债合计	100	
固定资产：			长期负债：		
固定资产：原价	39		长期借款	101	
减：累计折旧	40		长期负债合计	110	
固定资产净值	43		负债合计	114	
在建工程	45		所有者权益：		
固定资产合计	50		实收资本（或股本）	115	
无形资产及其他资产：			资本公积	118	
无形资产	51		盈余公积	119	
长期待摊费用	52		未分配利润	121	
无形资产及其他资产合计	60		所有者权益合计	122	
资产总计	67		负债和所有者权益总计	135	

表 9-2 利 润 表

编制单位：　　　　　　　　　　　　　年　月　日　　　　　　　　　　　　单位：元

项　目	行次	本月数	本年累计数（略）
一、主营业务收入	1		
减：主营业务成本	2		
销售费用	3		
主营业务税金及附加	4		
二、主营业务利润（亏损以"－"号填列）	5		
加：其他业务利润（亏损以"－"号填列）	6		
非货币性收益	7		
减：存货跌价损失	8		
管理费用	9		
财务费用	10		
三、营业利润（亏损以"－"号填列）	11		
加：投资收益（损失以"－"号填列）	12		
期货收益（损失以"－"号填列）	13		
补贴收入	14		
营业外收入	15		
减：营业外支出	16		
加：以前年度损益调整（调减以"－"号表示）	17		
四、利润总额（亏损以"－"号填列）	18		
减：所得税	19		
五、净利润（净亏损以"－"号填列）	20		

9.6　专项实训二　报表项目填列

9.6.1　资料

1. 某企业 2011 年 10 月 31 日应收账款、应付账款、预收账款、预付账款账户的期末余额如表 9-3 所示。

表 9-3　应收、应付款期末余额计算表

会计账户		余　额		会计账户		余　额	
总账	明细账	借方	贷方	总账	明细账	借方	贷方
应收账款		48 000		预收账款			44 000
	同利公司	26 000			A 公司	19 000	
	光华公司		11 000		B 公司		36 000
	恒和公司	33 000			C 公司		27 000
应付账款			75 000	预付账款		78 000	
	新华工厂		47 000		M 公司	35 000	
	光明工厂		43 000		N 公司	59 000	
	同兴工厂	15 000			H 公司		16 000

2. W 公司 2011 年 11 月 30 日，"应收账款"账户总账的借方余额（69 000 元）及其所属明细账的余额分别为：A 公司（借方余额）68 000 元，B 公司（贷方余额）19 000 元，C 公司（借方余额）20 000 元；"应付账款"账户总账的贷方余额（66 000 元）及其所属明细账 M 公司（贷方余额）78 000 元，N 公司（借方余额）32 000 元，H 公司（贷方余额）20 000 元。该企业 12 月份发生下列经济业务：（1）收到 A 公司前欠的购货款 34 000 元；（2）给 B 公司发出前已预收货款的产品，价税合计 35 000 元；（3）偿还前欠 M 公司的货款 43 000 元；（4）N 公司发来前已预付货款的材料，价税合计 37 000 元；（5）预收 B 公司购货款 38 000 元；（6）预付 N 公司货款 42 000 元；（7）用银行存款偿还前欠 H 公司的货款 25 000 元；（8）向 C 公司购料价税合计 27 000 元，料入库款未付；（9）向 M 公司销售产品，价税合计 55 000 元，货已发出，款未收到；（10）向 H 公司购料，价税合计 69 000 元，料入库款未付。

9.6.2　要求

1. 根据以上资料，计算该企业 10 月 31 日资产负债表下列各项目的金额。

（1）应收账款项目金额 ＝

（2）应付账款项目金额 ＝

（3）预收账款项目金额 ＝

（4）预付账款项目金额 ＝

2. 计算 W 公司 12 月 31 日"应收账款"和"应付账款"账户的余额及资产负债表中"应收账款"和"应付账款"项目的金额（该公司不设置"预付账款"和"预收账款"账户）。

"应收账款"账户余额 ＝

"应付账款"账户余额 ＝

"应收账款"项目金额 ＝

"应付账款"项目金额 ＝

9.7 专项实训三 库存材料计价方法

9.7.1 资料

　　S 公司 2011 年 9 月 30 日甲材料结存 400 kg，单位成本 25 元，10 月份发生有关甲材料的收发业务如下：3 日发出 200 kg；5 日购进 2 000 kg，@27 元；8 日发出 700 kg；12 日发出 800 kg；14 日购进 1 600 kg，@29 元；16 日发出 1 000 kg；20 日发出 800 kg；24 日购进 1 800 kg，@31 元；26 日发出 1 200 kg；29 日发出 800 kg；31 日购进 300 kg，@32 元。

9.7.2 要求

　　1. 自己设计并登记甲材料 10 月份的明细账。

　　2. 按月末一次加权平均法计算本月发出和结存材料的成本，并登记甲材料明细账（尾差计入月末结存金额）。

　　3. 按先进先出法和后进先出法计算本月发出和结存材料的成本。

　　4. 练习用纸自备。

9.8 专项实训四 收入和费用的确认

9.8.1 资料

　　D 公司 2011 年 9 月份发生下列经济业务：

　　1. 销售产品 60 000 元，货款存入银行；

　　2. 销售产品 80 000 元，货款尚未收到；

　　3. 收到 A 公司上月所欠货款 50 000 元；

　　4. 用银行存款预付 B 公司货款 20 000 元；

　　5. 预付房屋租金 24 000 元（租期 2011 年 9 月～2012 年 8 月）；

　　6. 摊销应由本月负担的财产保险费 3 000 元；

　　7. 预提本月份的银行短期借款利息 3 000 元；

　　8. 用银行存款支付本季度的银行借款利息 9 000 元；

　　9. 购进机器设备 20 000 元，用银行存款支付；

　　10. 购进材料 30 000 元，货款尚未支付；

11. 上月预收货款 40 000 元，本月货已发出；

12. 年初预收全年的机器设备租金 120 000 元。

9.8.2　要求

1. 按权责发生制和收付实现制计算本月的收入和费用如表 9-4 所示。

表 9-4　收入费用计算表

权责发生制	收入＝
	费用＝
收付实现制	收入＝
	费用＝

2. 按权责发生制和收付实现制对以上经济业务编制会计分录。

9.9　综合实训一

9.9.1　目的

掌握资产负债表的编制方法。

9.9.2　资料

1. 华鑫公司 2011 年 12 月 31 日总账账户期末余额资料如表 9-5 所示。

表 9-5　总账账户期末余额表

账户名称	方向	金额	账户名称	方向	金额
库存现金	借	1 000	在建工程	借	295 000
银行存款	借	653 000	累计折旧	贷	1 523 000
其他货币资金	借	120 000	无形资产	借	206 000
交易性金融资产	借	100 000	累计摊销	贷	26 000
应收票据	借	60 000	长期待摊费用	借	160 000
应收账款——A 公司	借	172 000	短期借款	贷	200 000
应收账款——B 公司	贷	30 000	应付票据	贷	75 000
预付账款——C 公司	借	50 000	应付账款——甲公司	贷	126 800
预付账款——D 公司	贷	25 800	应付账款——乙公司	借	23 400
其他应收款	借	156 200	预收账款——丙公司	贷	60 000

续表

账户名称	方向	金额	账户名称	方向	金额
应付票据	贷	8 000	预收账款——丁公司	借	10 200
坏账准备	贷	2 300	应付职工薪酬	贷	143 200
在途物资	借	36 500	应交税费	贷	54 000
原材料	借	145 600	其他应付款	贷	39 820
发出商品	借	8 000	长期借款	贷	500 000
库存商品	借	389 000	实收资本	贷	3 500 000
存货跌价准备	贷	26 100	资本公积	贷	127 900
待摊费用	借	12 000	盈余公积	贷	347 880
长期股权投资	借	300 000	本年利润	贷	165 000
固定资产	借	5 267 000	利润分配	贷	33 000

2. 其他相关资料：

(1)"坏账准备"账户中，按其他应收款余额提取的坏账准备有 800 元；

(2)"长期待摊费用"账户中，将于 12 个月内摊销的费用有 15 600 元；

(3)"长期借款"账户中，将于 1 年内到期的借款有 10 万元。

9.9.3 要求

根据资料编制华鑫公司 2011 年 12 月份资产负债表如表 9-6 所示（"年初余额"栏略）。

表 9-6 资产负债表

编制单位：华鑫公司　　　　　　　　2011 年 12 月 31 日

会企 01 表

单位：元

资　产	期末余额	年初余额	负债和所有者权益（或股东权益）	期末余额	年初余额
流动资产：			流动负债：		
货币资金			短期借款		
交易性金融资产			交易性金融负债		
应收票据			应付票据		
应收账款			应付账款		
预付账款			预收款项		
应收利息			应付职工薪酬		
应收股利			应交税费		
其他应收款			应付利息		

资　　产	期末余额	年初余额	负债和所有者权益 （或股东权益）	期末余额	年初余额
存货			应付股利		
一年内到期的非流动资产			其他应付款		
其他流动资产			一年内到期的非流动负债		
流动资产合计			其他流动负债		
非流动资产：			流动负债合计		
可供出售金融资产			非流动负债：		
持有至到期投资			长期借款		
长期股权投资			应付债券		
投资性房地产			长期应付款		
固定资产			专项应付款		
在建工程			预计负债		
工程物资			递延所得税负债		
固定资产清理			其他非流动负债		
生产性生物资产			非流动负债合计		
油气资产			负债合计		
无形资产			所有者权益（或股东权益）		
开发支出			实收资本（或股本）		
商誉			资本公积		
长期待摊费用			减：库存股		
递延所得税资产			盈余公积		
其他非流动资产			未分配利润		
非流动资产合计			所有者权益（或股东权益）合计		
资产总计			负债和所有者权益 （或股东权益）总计		

9.10　综合实训二

9.10.1　目的

掌握资产负债表的财务分析方法。

9.10.2 资料

恒远公司的资产负债表数据如表 9-7 所示。

表 9-7 资产负债表

资　　产	期末数	负债和所有者权益	期末数
流动资产：		流动负债：	
货币资金	158 000	应付账款	152 300
应收账款	84 200	预收账款	5 000
预付账款	62 000	应交税金	21 900
存货	216 400	预提费用	
待摊费用	6 800	流动负债合计	179 200
流动资产合计	572 400	所有者权益：	
固定资产：		实收资本	640 000
固定资产原价	728 500	资本公积	101 000
减：累计折旧	250 000	盈余公积	29 700
固定资产净值	478 500	未分配利润	56 000
资产合计	1 005 900	负债和所有者权益	1 005 900

另知：期初应收账款数 15 800 元，期初存货 183 600 元，期初流动资产 472 600 元，期初净资产为 773 300 元，该年利润为 80 万元。

9.10.3 要求

1. 计算流动比率、速动比率、现金比率；
2. 计算存货周转率、应收账款周转率；
3. 计算净资产收益率。

第 10 章

账务核算程序

10.1 填空题

10.1.1 要求

将正确的答案填列在下列各题目的空格中。

10.1.2 题目

1. 会计核算组织程序是指_____、_____和_____相结合的方式。

2. 在会计核算中，对于财务会计数据_____中所包含的依次完成又_____的基本步骤，人们称其为_____。

3. 会计分录在实际工作中表现为编制的_____，其内容包括_____、_____和_____三要素。

4. 不同的会计核算形式规定了填制_____、_____和_____的不同步骤和方法。

5. 各种会计记账程序中，最基本的一种记账程序是指_____记账程序。这种记账程序的特点是直接根据_____逐笔登记总账，主要适用于_____且_____的经济单位。

6. 记账凭证汇总表记账程序，又称为_____记账程序，其特点是定期将所有的记账凭证编制成_____，然后再据以登记总账。

7. 记账凭证汇总表的编制方法是将一定时期内的全部记账凭证按相同科目分类，分别计算出每一总账科目的_____和_____发生额填入表内。

8. 多栏式日记账记账程序的特点是设置_____现金和银行存款日记账，然后根据多栏式日记账的记录登记总账，对于转账业务，可以根据_____逐笔登记总账，也可根据_____定期编制成_____，然后再据以登记总账。

9. 在多栏式日记账核算组织程序中，由于现金、银行存款日记账都按与现金或银行存款_____设置专栏，因此，就具备了科目汇总表的作用，可以简化的工作量，适用于经济业务_____、运用的_____和_____的企业单位。

10. 汇总记账凭证记账程序的特点是先定期将全部_____分类编制为_____，然后再据以登记总账。

11. 汇总收款凭证是指按_____和_____科目的_____分别设置，按其与设置科目相对应的_____进行归类汇总而编制的一种汇总记账凭证。

12. 汇总付款凭证是指按_____和_____科目的_____分别设置，按其与设置科目相对应的_____进行归类汇总而编制的一种汇总记账凭证。

13. 汇总转账凭证一般是对转账凭证按每一_____设置，按其与设置科目相对应的_____进行归类汇总而编制的，用来汇总一定时期内_____的一种汇总记账凭证。

14. 在汇总记账凭证记账程序中，由于汇总转账凭证中的账户对应关系是一个_____科目与一个或几个_____科目对应，因此，据以编制汇总转账凭证的转账凭证中的账户对应关系应是一个_____科目与一个或几个_____科目对应，而不能是一个_____科目与几个_____科目对应。即不能填制_____的转账凭证。

15. 根据汇总付款凭证登记总账，要根据汇总付款凭证与现金或银行存款账户相对应的各个账户的合计数分别记入总分类账现金或银行存款账户的_____，以及各个_____的借方。

16. 汇总记账凭证记账程序与记账凭证记账程序、科目汇总表记账程序相比较，其优点是：汇总记账凭证是按科目进行分类，可以了解经济业务的_____，克服了_____记账程序的缺点；根据汇总记账凭证一次汇总登记总账，减少登记总账的工作量，这又克服了_____记账程序的缺点，这种程序适用于_____、_____的企业单位。

10.2 单项选择题

10.2.1 要求

下列各题目中 5 个备选答案中，只有 1 个是正确的，请将正确答案的"字母"序号填入每个题目中的括号中。

10.2.2 题目

1. 科目汇总表记账程序和汇总记账凭证记账程序的主要相同点是（　　）

   A. 登记总账的依据相同　　　　　　　　B. 登记总账的格式相同

  C. 记账凭证的汇总方法相同　　　　D. 记账凭证要进行汇总和记账步骤相同

2. 各种会计记账程序的主要区别在于（　　　）

  A. 会计凭证种类不同

  B. 登记总账的方法和依据不同

  C. 登记现金和银行存款日记账的方法和依据不同

  D. 登记各类明细账的方法和依据不同

3. 科目汇总表记账程序登记总账的直接依据是（　　　）

  A. 明细账　　　　B. 记账凭证　　　　C. 记账凭证汇总表　D. 汇总记账凭证

4. 在多栏式日记账记账程序中，现金、银行存款日记账的格式应采用（　　　）

  A. 三栏式　　　　B. 数量金额式　　C. 多栏式　　　　　D. 横线登记式

5. 科目汇总表的主要缺点是不能反映出（　　　）

  A. 每一账户的借方发生额　　　　B. 每一账户的贷方发生额

  C. 账户之间的对应关系　　　　　D. 入账前的试算平衡

6. 汇总转账凭证是按每一账户的什么方设置，按什么方归类汇总（　　　）

  A. 借……借　　B. 借……贷　　C. 贷……借　　D. 贷……贷

7. 在多栏式日记账记账程序中，对于转账业务较少的单位，其转账业务登记总分类账的依据是（　　　）

  A. 现金日记账　　　　　　　　B. 多栏式银行存款日记账

  C. 转账凭证记总表　　　　　　D. 转账凭证

8. 汇总记账凭证记账程序的主要缺点在于（　　　）

  A. 不利于会计分工　　　　　　B. 不能反映经济业务

  C. 不能保持科目之间的对应关系　D. 不能节省会计工作时间

9. 最基本的会计记账程序以及其他会计记账程序建立的基础是（　　　）

  A. 科目汇总表记账程序　　　　B. 记账凭证记账程序

  C. 汇总记账凭证记账程序　　　D. 多栏式日记账记账程序

10. 科目汇总表记账程序的主要缺点是不能反映出账户的（　　　）

  A. 借方发生额　B. 贷方发生额　　C. 对应关系　　D. 期末贷方和借方余额

10.3　多项选择题

10.3.1　要求

  下列各题目中 5 个备选答案中，有两个以上是正确的，请将正确答案的"字母"序号填入每个题目中的括号中。

10.3.2 题目

1. 总分类账的格式因采用的账务处理程序的不同而异，一般可以采用的格式有（　　　）
   - A. 借贷余三栏式
   - B. 具有对方科目的三栏式
   - C. 多栏式总分类账格式
   - D. 数量金额式
   - E. 序时账与分类账相结合的联合账簿，即日记总账

2. 采用多栏式日记账记账程序，登记总账的依据可以是（　　　）
   - A. 多栏式现金日记账
   - B. 多栏式银行存款日记账
   - C. 汇总转账凭证
   - D. 转账凭证科目汇总表
   - E. 转账凭证

3. 以记账凭证为依据、按科目贷方设证、借方归类汇总的汇总记账凭证的编制方法有（　　　）
   - A. 汇总收款凭证
   - B. 汇总付款凭证
   - C. 汇总转账凭证
   - D. 科目汇总表
   - E. 多栏式日记账

4. 在采用汇总记账凭证记账程序时，编制记账凭证的一般要求可以是（　　　）
   - A. 收款凭证为一借多贷
   - B. 付款凭证为多借一贷
   - C. 转账凭证为多借一贷
   - D. 转账凭证为一借多贷
   - E. 收付转凭证必须为一借一贷

5. 在采用科目汇总表记账程序时，对会计人员分工较细的单位，为便于各科目的分工汇总，加起科目汇总表的编制，所填制的记账凭证应符合的要求是（　　　）
   - A. 收款凭证为一借多贷
   - B. 付款凭证为一贷多借
   - C. 转账凭证为一贷多借
   - D. 收、付、转凭证均为一借一贷
   - E. 转账凭证为一借一贷且复写一式两份

6. 科目汇总表能够（　　　）
   - A. 起到试算平衡的作用
   - B. 反映各科目的借、贷方本期发生额
   - C. 反映各科目之间的对应关系
   - D. 反映各科目的期末余额
   - E. 简化登记总账的工作量

7. 在汇总记账凭证记账程序中，登记明细账的依据可以是（　　　）
   - A. 原始凭证
   - B. 原始凭证汇总表
   - C. 收、付、转记账凭证
   - D. 汇总收、付、转账凭证
   - E. 记账凭证汇总表

8. 合理、适用的会计记账程序，应适应下列哪些方面的要求（　　　）
   - A. 本单位的经济活动特点
   - B. 组织规模大小
   - C. 业务繁简程度
   - D. 提高工作效率
   - E. 便于计算对比

9. 在汇总记账凭证记账程序下，应设置的凭证有（　　　）
   - A. 汇总收、付款凭证
   - B. 收、付款凭证
   - C. 转账凭证及汇总转账凭证
   - D. 记账凭证汇总表
   - E. 通用记账凭证

10. 各种账务处理程序的相同之处是（　　　）
   - A. 根据原始凭证编制原始凭证汇总表

B. 根据原始凭证或原始凭证汇总表编制记账凭证
C. 根据记账凭证和有关原始凭证登记各种明细分类账
D. 根据记账凭证逐笔登记总分类账
E. 根据总分类账和明细分类账的记录编制会计报表

10.4　判　断　题

10.4.1　要求

判断下列命题是否正确，在每一个命题后面的括号内作出选择，你认为是正确的画"√"；你认为是错误的画"×"。

10.4.2　题目

1. 会计核算程序是记账和产生会计信息的步骤和方法。（　　）
2. 记账凭证记账程序适用于规模较大、业务量较多的单位。（　　）
3. 在记账凭证记账程序下，记账凭证可以选用收款凭证、付款凭证和转账凭证三种格式，也可以选用通用式一种。（　　）
4. 科目汇总表记账程序的优点是采用科目汇总表登记分类账，简化了总分类账的登记工作，并且能反映账户之间的对应关系。（　　）
5. 科目汇总表记账程序与汇总记账凭证记账程序的共性是均需要通过对会计凭证进行汇总，根据汇总的结果登记总分类账户。（　　）
6. 采用多栏式日记账程序时，多栏式现金日记账应贷对方科目中"银行存款"专栏的本期发生额，不应登记银行存款总分类账户，以免重复记账。（　　）
7. 由于各企业的业务性质、规模大小、业务繁简各有所不同，所以它们所采用的会计记账程序也有所不同。（　　）
8. 同一个企业可以同时采用几种不同的会计记账程序。（　　）
9. 各种记账程序相同之处在于其基本模式不变。（　　）
10. 汇总记账凭证记账程序的优点在于可以及时了解资金运动状况。（　　）

10.5　专项实训一　账项调整和结转

10.5.1　目的

熟悉账项调整和账项结转业务。

10.5.2　资料

1. 2010 年 7 月 3 日华强公司预收出租给旺旺公司房屋一年的租金 600 000 元，存入银行。

2. 2010 年 2 月 16 日华强公司出租闲置厂房给虎都公司，租期 2 年，年租金 1 200 000 元，合同规定每季度结算收取一次租金。

10.5.3　要求

根据上述资料编制出华强公司 2010 年度预收收入的账项调整分录填列到表 10 - 1。

表 10 - 1　账项调整表

账项调整业务		账项结转业务	
序号	会计分录	序号	会计分录
1		a	
2		b	
3		c	
4		d	
5		e	
6			
7		f	
8		g	

账项调整业务		账项结转业务	
序号	会计分录	序号	会计分录
9		h	

10.6　专项实训二　科目汇总表的编制

10.6.1　目的

掌握科目汇总表的编制方法。

10.6.2　资料

第 8 章专项实训二资料。

10.6.3　要求

1. 根据以上资料，编制业务实际发生时记账凭证。

2. 按月编制科目汇总表并填入表 10 - 2。

表 10 - 2　科目汇总表
年　月

账　页	借方金额	会计科目	贷方金额	账　页
（略）		现金		（略）
		银行存款		
		其他应收款		
		应收账款		
		主营业务收入		
		应交税金		
		应付账款		

账　　页	借方金额	会计科目	贷方金额	账　　页
		材料		
		生产成本		
		管理费用		
		营业费用		
		累计折旧		
		预提费用		
		制造费用		
		短期借款		
		应付工资		
		应付福利费		
		财务费用		
		本年利润		
		合　　计		

10.7　专项实训三　编制汇总记账凭证

10.7.1　目的

掌握汇总记账凭证的编制方法。

10.7.2　资料

第 5 章综合实训所填制的记账凭证。

10.7.3　要求

按旬分三次汇总每月编制一张汇总记账凭证，分别填入下列表 10-3 至表 10-16 内。

10.7.4　练习用空白汇总记账凭证

练习用空白汇总记账凭证（见表 10 - 3 至表 10 - 16）。

表 10 - 3　汇总收款凭证

借方账户：银行存款　　　　　　　　　　　　年　月　　　　　　　　　　　　　第　号

贷方账户	金　额				记　账	
	(1)	(2)	(3)	合　计	借　方	贷　方
应收账款						
主营业务收入						
应交税金						
现金						
短期借款						
合　计						

附件：(1) 自_____日至_____日_____凭证　共_____张
　　　(2) 自_____日至_____日_____凭证　共_____张
　　　(3) 自_____日至_____日_____凭证　共_____张

表 10 - 4　汇总付款凭证

贷方账户：银行存款　　　　　　　　　　　　年　月　　　　　　　　　　　　　第　号

借方账户	金　额				记　账	
	(1)	(2)	(3)	合　计	借　方	贷　方
现金						
材料						
应交税金						
管理费用						
应付账款						
应收账款						
预提费用						
营业费用						
合　计						

附件：(1) 自_____日至_____日_____凭证　共_____张
　　　(2) 自_____日至_____日_____凭证　共_____张
　　　(3) 自_____日至_____日_____凭证　共_____张

表 10 - 5　汇总转账凭证

贷方账户：主营业务收入　　　　　　　　　　　年 月　　　　　　　　　　　　第　　号

借方账户	金　额			合　计	记　账	
	(1)	(2)	(3)		借　方	贷　方
应收账款						
合　　计						

附件：(1) 自＿＿＿＿＿日至＿＿＿＿＿日＿＿＿＿＿凭证　共＿＿＿＿＿张
　　　(2) 自＿＿＿＿＿日至＿＿＿＿＿日＿＿＿＿＿凭证　共＿＿＿＿＿张
　　　(3) 自＿＿＿＿＿日至＿＿＿＿＿日＿＿＿＿＿凭证　共＿＿＿＿＿张

表 10 - 6　汇总收款凭证

借方账户：现金　　　　　　　　　　　　　　　年 月　　　　　　　　　　　　第　　号

贷方账户	金　额			合　计	记　账	
	(1)	(2)	(3)		借　方	贷　方
银行存款						
应收账款						
其他应收款						
合　　计						

附件：(1) 自＿＿＿＿＿日至＿＿＿＿＿日＿＿＿＿＿凭证　共＿＿＿＿＿张
　　　(2) 自＿＿＿＿＿日至＿＿＿＿＿日＿＿＿＿＿凭证　共＿＿＿＿＿张
　　　(3) 自＿＿＿＿＿日至＿＿＿＿＿日＿＿＿＿＿凭证　共＿＿＿＿＿张

表 10 - 7　汇总付款凭证

贷方账户：现金　　　　　　　　　　　　　　　年 月　　　　　　　　　　　　第　　号

贷方账户	金　额			合　计	记　账	
	(1)	(2)	(3)		借　方	贷　方
其他应收款						
管理费用						
银行存款						
应付工资						
应付账款						
合　　计						

附件：(1) 自＿＿＿＿＿日至＿＿＿＿＿日＿＿＿＿＿凭证　共＿＿＿＿＿张
　　　(2) 自＿＿＿＿＿日至＿＿＿＿＿日＿＿＿＿＿凭证　共＿＿＿＿＿张
　　　(3) 自＿＿＿＿＿日至＿＿＿＿＿日＿＿＿＿＿凭证　共＿＿＿＿＿张

表 10 - 8　汇总转账凭证

贷方账户：应付工资　　　　　　年 月　　　　　　第　号

借方账户	金　额				记　账	
	(1)	(2)	(3)	合　计	借　方	贷　方
生产成本						
制造费用						
管理费用						
应付福利费						
合　计						

附件：(1) 自＿＿＿＿日至＿＿＿＿日　　凭证　共＿＿＿＿张
　　　(2) 自＿＿＿＿日至＿＿＿＿日　　凭证　共＿＿＿＿张
　　　(3) 自＿＿＿＿日至＿＿＿＿日　　凭证　共＿＿＿＿张

表 10 - 9　汇总转账凭证

贷方账户：其他应收款　　　　　　年 月　　　　　　第　号

借方账户	金　额				记　账	
	(1)	(2)	(3)	合　计	借　方	贷　方
管理费用						
合　计						

附件：(1) 自＿＿＿＿日至＿＿＿＿日　　凭证　共＿＿＿＿张
　　　(2) 自＿＿＿＿日至＿＿＿＿日　　凭证　共＿＿＿＿张
　　　(3) 自＿＿＿＿日至＿＿＿＿日　　凭证　共＿＿＿＿张

表 10 - 10　汇总转账凭证

贷方账户：应付账款　　　　　　年 月　　　　　　第　号

借方账户	金　额				记　账	
	(1)	(2)	(3)	合　计	借　方	贷　方
物资采购						
应交税金						
合　计						

附件：(1) 自＿＿＿＿日至＿＿＿＿日　　凭证　共＿＿＿＿张
　　　(2) 自＿＿＿＿日至＿＿＿＿日　　凭证　共＿＿＿＿张
　　　(3) 自＿＿＿＿日至＿＿＿＿日　　凭证　共＿＿＿＿张

表 10 - 11　汇总转账凭证

贷方账户：材料　　　　　　　　　　　　　年 月　　　　　　　　　　　　　第　号

借方账户	金　额				记　账	
	(1)	(2)	(3)	合　计	借　方	贷　方
生产成本						
制造费用						
合　计						

附件：(1) 自＿＿＿＿＿日至＿＿＿＿＿日＿＿＿＿＿凭证　共＿＿＿＿＿张
　　　(2) 自＿＿＿＿＿日至＿＿＿＿＿日＿＿＿＿＿凭证　共＿＿＿＿＿张
　　　(3) 自＿＿＿＿＿日至＿＿＿＿＿日＿＿＿＿＿凭证　共＿＿＿＿＿张

表 10 - 12　汇总转账凭证

贷方账户：累计折旧　　　　　　　　　　　年 月　　　　　　　　　　　　　第　号

借方账户	金　额				记　账	
	(1)	(2)	(3)	合　计	借　方	贷　方
制造费用						
管理费用						
合　计						

附件：(1) 自＿＿＿＿＿日至＿＿＿＿＿日＿＿＿＿＿凭证　共＿＿＿＿＿张
　　　(2) 自＿＿＿＿＿日至＿＿＿＿＿日＿＿＿＿＿凭证　共＿＿＿＿＿张
　　　(3) 自＿＿＿＿＿日至＿＿＿＿＿日＿＿＿＿＿凭证　共＿＿＿＿＿张

表 10 - 13　汇总转账凭证

贷方账户：应交税金　　　　　　　　　　　年 月　　　　　　　　　　　　　第　号

借方账户	金　额				记　账	
	(1)	(2)	(3)	合　计	借　方	贷　方
应收账款						
合　计						

附件：(1) 自＿＿＿＿＿日至＿＿＿＿＿日＿＿＿＿＿凭证　共＿＿＿＿＿张
　　　(2) 自＿＿＿＿＿日至＿＿＿＿＿日＿＿＿＿＿凭证　共＿＿＿＿＿张
　　　(3) 自＿＿＿＿＿日至＿＿＿＿＿日＿＿＿＿＿凭证　共＿＿＿＿＿张

表 10-14   汇总转账凭证

贷方账户：应付福利费   年 月   第 号

借方账户	金 额				记 账	
	(1)	(2)	(3)	合 计	借 方	贷 方
生产成本						
制造费用						
管理费用						
合 计						

附件：(1) 自_____日至_____日_____凭证 共_____张

       (2) 自_____日至_____日_____凭证 共_____张

       (3) 自_____日至_____日_____凭证 共_____张

表 10-15   汇总转账凭证

贷方账户：物资采购   年 月   第 号

借方账户	金 额				记 账	
	(1)	(2)	(3)	合 计	借 方	贷 方
材 料						
合 计						

附件：(1) 自_____日至_____日_____凭证 共_____张

       (2) 自_____日至_____日_____凭证 共_____张

       (3) 自_____日至_____日_____凭证 共_____张

表 10-16   汇总转账凭证

贷方账户：管理费用   年 月   第 号

借方账户	金 额				记 账	
	(1)	(2)	(3)	合 计	借 方	贷 方
本年利润						
合 计						

附件：(1) 自_____日至_____日_____凭证 共_____张

       (2) 自_____日至_____日_____凭证 共_____张

       (3) 自_____日至_____日_____凭证 共_____张

参 考 文 献

[1] 李占国．基础会计综合实训．北京：高等教育出版社，2007.

[2] 徐学兰．会计综合实训教程．呼和浩特：远方出版社，2005.

[3] 李惟庄．基础会计实训与练习．北京：中国财政经济出版社，2008.

[4] 余海宗．会计综合实训教程．上海：上海财经大学出版社，2008.